AMOUR

ET

TYPOGRAPHIE

POCHADE EN UN ACTE

PAR

MM. Henry MADINIER et A. PARROT.

PARIS

Chez JONDÉ, LIBRAIRE-ÉDITEUR,
Rue du Vieux-Colombier, 10.

1856

AMOUR ET TYPOGRAPHIE

Paris, imprimerie de Paul Dupont, rue de Grenelle-Saint-Honoré, 45.

AMOUR

ET

TYPOGRAPHIE

POCHADE EN UN ACTE

PAR

MM. Henry MADINIER et A. PARROT.

PARIS

CHEZ JONDÉ, LIBRAIRE-ÉDITEUR,
Rue du Vieux-Colombier, 10

1856

En écrivant *Amour et Typographie*, les auteurs n'ont eu nullement l'intention de donner naissance à une pièce de théâtre régulière et construite selon toutes les règles sévères de l'art dramatique ; leurs prétentions ne se sont point élevées si haut. Esquisser à grands traits quelques-uns des types principaux que l'on rencontre dans le personnel des ateliers typographiques ; retracer quelques-unes des scènes journalières de ces mêmes ateliers ; et, enfin, relier le tout à une légère intrigue amoureuse, voilà le seul but qu'ils se sont proposé.

Les auteurs d'*Amour et Typographie* se doivent excuser ici d'un petit artifice qu'ils se sont permis, artifice bien innocent, et qui leur sera pardonné sans doute, car ce n'était après tout pour eux qu'un moyen de plus d'allécher la curiosité et d'exciter la bienveillance du lecteur. Imitant RÉTIF DE LA BRETONNE, un de leurs devanciers, — en typographie, — ils ont désigné chacun de leurs personnages par un nom tiré de la profession elle-même, et, autant que possible, en rapport avec le caractère du type représenté.

C'est ainsi qu'au maître imprimeur ils ont donné le nom de PARANGON [1] ; à sa fille, celui de MIGNONNE [2] ; l'ouvrier laborieux, économe, est devenu CONSCIENCE [3] ; le bambocheur, SALÉ [4]. Le père VISORIUM [5], n'est-ce pas bien le *compagnon typographe* du siècle dernier, qui regrette sans cesse et vante à tout propos le bon vieux temps, — lequel, soit dit en passant, avait bien son mérite ? PETIT-QUÉ [6], c'est l'apprenti, le *diable* de l'atelier (*the devil*), comme disent nos confrères d'Outre-Manche ; et, enfin, pour terminer, quel nom convenait mieux que celui de DÉLÉATUR [7] au correcteur à l'œil de

---

[1] *Parangon*, nom d'un ancien caractère d'imprimerie. — Diamant sans défaut. (Dict. Napoléon LANDAIS.)

[2] *Mignonne*, nom d'un caractère d'imprimerie. — Il en est de même pour les noms d'*Augustin*, de *Cicéro* et de *Palestine*.

[3] En imprimerie, on appelle *Homme de conscience* le compositeur employé à la journée.

[4] *Salé*, avance d'argent sur le gain à venir. *Demander, prendre du salé*.

[5] *Visorium*, instrument destiné à soutenir la copie. N'est plus employé que par les vieux compositeurs.

[6] *Petit-Qué*, ancien nom du point et virgule, ce signe de ponctuation ayant à peu près la forme du signe employé autrefois pour abréger le mot latin *que*.

[7] *Deleatur* (du latin, *qu'il soit effacé*), nom du signe conventionnel employé dans la correction des épreuves pour indiquer une suppression à faire.

lynx, effroi perpétuel des camarades qui ont voué un culte tout particulier au grand *Saint-Jacques*[1], et de ceux que leur humeur vagabonde entraîne fréquemment à de folâtres excursions dans les plaines de la *Germanie* ou dans les champs de *Galilée ?...*

« Mais, va-t-on s'écrier sans doute, halte-là ! halte-là ! il ne vous appartient point, Messieurs, de faire ressortir les quelques idées heureuses que vous avez eues—ou cru avoir; —*vous êtes orfévre, Monsieur Josse.* L'esprit chez nous est encore sain, le jugement est sûr; nos yeux aussi sont excellents ; et, s'il y a du bon dans *Amour et Typographie*, nous saurons pardieu bien nous en apercevoir sans vous. »

Reprenant donc l'attitude humble et modeste qui convient en présence du public, nous demanderons la permission de terminer tout simplement cette espèce de préface par la vieille formule espagnole :

Excusez les fautes des auteurs.

---

[1] *Aller à Saint-Jacques; aller en Germanie; aller en Galilée*, vieilles locutions typographiques tombées dans l'oubli, et qui signifient : faire des coquilles ou des bourdons, remanier au marbre, et corriger en galée.

PERSONNAGES.

M. PARANGON, Maître imprimeur.
AUGUSTIN, son fils adoptif.
SALÉ
VISORIUM
CONSCIENCE } Compositeurs.
CICÉRO
DÉLÉATUR, Correcteur.
MARTEAU, Imprimeur.
PETIT-QUÉ, Apprenti compositeur.
M. VIRGULE.
UN AUTEUR.
MIGNONNE, Fille de M. Parangon.
PALESTINE, Nourrice et Gouvernante de Mignonne.
COMPOSITEURS, IMPRIMEURS.

La scène se passe dans l'atelier de M. Parangon.

AMOUR ET TYPOGRAPHIE

POCHADE EN UN ACTE.

Le théâtre représente un atelier d'imprimerie ; casses montées, un marbre à gauche, faisant face au spectateur. A droite et à gauche, dernier plan, portes praticables. Porte au fond. Au lever du rideau, les compositeurs sont à leur casse ; SALÉ est au marbre. — On entend sonner midi ; ils quittent leur casse avec empressement.

SCÈNE Ire

SALÉ, CONSCIENCE, VISORIUM, PETIT-QUÉ, COMPOSITEURS.

CHOEUR.

AIR : *J'vas chercher d' la friandise.*

Entendez-vous ? l'heure sonne :
Du départ c'est le signal.
Qu'il ne reste ici personne :
Hâtons-nous de vider le local.

SALÉ.

Enfin !... nous allons donc déjeuner ! Nom d'un petit bonhomme ! il y a assez longtemps que j'attends cette heure-là.

CONSCIENCE.

Ça ne m'étonne pas de ta part. A peine si tu es arrivé, que tu voudrais déjà t'en aller. Ma foi, mon cher Salé, tu peux te vanter d'être un fier *câleur* [1].

---

[1] *Câleur*, synonyme de flâneur ; du verbe *câler*, flâner.

SALÉ.

C'est peut-être amusant, de lever des *petits clous* [1] ? J'aimerais mieux ne rien faire du tout, c'est plus agréable ; c'est même bien plus agréable, je n'hésite point à l'affirmer. Par exemple, s'il pleuvait toujours, ça me serait égal : je resterais à la *boîte* [2] tout comme un autre ; mais, dès qu'il fait beau, quand le soleil a l'air de vous dire : «Allons, viens donc flâner un peu ! » ces jours-là, voyez-vous, je ne suis plus bon à rien ; il n'y a pas de *metteur* [3], pas de copie qui tienne, faut que je file, et, ma foi, je m'en vais... avec un regret, cependant ; que de fois me suis-je dit en soupirant : Oh ! deux pièces de cinq et ce temps-là, c'est ça qui serait fameux !... Et puis, j'aime le grand air, les grands chemins ; quand je suis depuis un mois dans le même endroit, je me sens mal à mon aise, j'ai comme des fourmillements dans les jambes ; si je ne me remettais en route, il me semble que je tomberais malade.

AIR : *Je chante, je danse, je chante.*

Je roule (*ter*) :
Que faire mieux sur cette ronde boule ?
Vie errante est pleine d'appas ;
En mille endroits j'aime à porter mes pas.
Mais, d'ailleurs, quoi que l'on en dise,
Voyager de tous est la loi ;
Et le sage qui moralise,
Ici-bas fait tout comme moi.
Je roule, etc.

Et voilà comme je fais gaiement mon tour de France,

[1] Expression familière pour désigner les caractères.
[2] Synonyme de *casse*. Expr. fam.; se dit aussi de l'atelier.
[3] Pour metteur en pages.

en riant, en chantant, en m'amusant, quand il y a de quoi. Que voulez-vous! c'est mon opinion.

PETIT-QUÉ.

Sur rue!

CONSCIENCE.

(*A Petit-Qué.*) Veux-tu bien te taire, gamin! (*A Salé.*) Elle est propre, ton opinion, et si tu n'en as jamais que comme celle-là, je ne t'en fais pas mon compliment.

SALÉ.

Voyez-vous ça! Eh bien! mais on s'en passera, des compliments de *môssieu* Conscience.... L'est-il! oh! mais l'est-il!... Parce que ça ne songe qu'à amasser, ça se donne le ton d'attraper les autres. Si je ne veux pas thésauriser, moi; j'en ai bien le droit, si c'est pas mon goût. (*Chantant.*)

Chacun son goût, sa passion.....

(*Parlé.*) Et la liberté, où serait-elle? (*Aux autres compositeurs.*) Eh bien! les amis, y sommes-nous? Avons-nous mis en ordre notre petit *Saint-Jean*[1]? Et vous, père Viso rium, avez-vous replié soigneusement votre antique tablier, vos vénérables bouts de manche? Dites donc, vous qui avez toujours quelque chose à nous raconter sur le temps passé, qu'est-ce qu'on faisait au bon vieux temps à l'heure des repas? Voyons, contez-nous ça.

VISORIUM.

Allons, allons, blagueur éternel! Vous savez que j'aime à raconter, et vous abusez de mon faible.... Ecoutez-moi donc, mes amis.... Il y a bien longtemps de cela, c'était en nonante-un; j'étais alors *apprentif* chez M. Gros-Canon,

[1] Ensemble des ustensiles nécessaires au compositeur.

imprimeur à Cambrai ; j'y étais déjà depuis deux ans, et j'en avais encore quatre à y rester. Ah dam ! de notre temps, on ne faisait pas, comme maintenant, des compagnons typographes à la minute...

SALÉ.

Comme les côtelettes.

VISORIUM.

On restait six, sept et huit ans apprentif, à travailler fort et ferme, et après, si l'on avait bien appris son métier, oh ! seulement alors, on était reçu compagnon. A présent, au contraire....

CONSCIENCE.

Il me semble, père Visorium, que vous vous éloignez fièrement du dîner.

VISORIUM.

C'est juste, c'est juste, j'y reviens. Eh bien donc ! en nonante-un, j'étais apprentif, et mon patron, un vieux de la vieille roche, avait conservé religieusement toutes les anciennes coutumes de nos prédécesseurs. Nous étions tous nourris chez lui ; aussi fallait-il voir quelle table aux heures de repas !... une trentaine de convives tous les jours ! Cette coutume-là, mes enfants, avait du bon : les rapports avec les patrons étaient plus intimes ; on faisait presque partie de la famille.

SALÉ.

C'est égal, c'était peut-être bien joli comme sentiment, mais j'aime mieux la mode actuelle. (*Comme se souvenant tout-à-coup, et prenant à part Visorium.*) Ah ! à propos, Monsieur Visorium, est-ce qu'il n'y aurait pas moyen d'avoir un petit à-compte sur la banque prochaine ? Vous seriez bien aimable d'en parler à Augustin....

VISORIUM.

Justement, vous tombez bien ; avec cela qu'il est content de vous !... et puis vous demandez toujours des avances...

SALÉ.

Oh ! cette fois, c'est pour quelque chose de sérieux. (*Visorium le regarde d'un air de doute.*) Oh! vrai!...

Air : *Les Anguilles et les Jeunes Filles.*

Pour terminer certaine affaire,
J'ai le plus grand besoin d'argent :
Ce soir, il faut chez le notaire...

VISORIUM.

Chez le notaire! ah bah !

SALÉ.

Vraiment.

VISORIUM.

Connu! la carotte est notoire ,
Et votre prétexte fèlé.
Moi, je crois que c'est pour mieux boire
Que vous demandez du *salé*.

SALÉ, *avec un geste de désappointement.*

Ça n'a pas pris !... (*Aux autres.*) Sommes-nous prêts ?... Qui est-ce qui veut que je lui fasse l'absinthe en quinze carambolages ?... Personne ?... Filons! en avant, marche !

CHŒUR.

Entendez-vous? l'heure sonne :
Du départ c'est le signal.
Qu'il ne reste ici personne :
Hâtons-nous de vider le local.

(*Au moment où ils vont sortir, arrive M. Parangon, suivi d'Augustin et d'un auteur.*)

SCÈNE II

Les mêmes, M. PARANGON, AUGUSTIN, un Auteur.

M. PARANGON.

(*Aux ouvriers.*) Un moment, Messieurs, un moment. (*A l'auteur.*) Diable! nous arrivons à temps, à ce qu'il paraît : une minute de plus, et nous ne trouvions plus personne. (*Aux ouvriers.*) Mes amis, il faudra rester ce soir après le petit journal : il y a une nuit à passer.

SALÉ.

(*A part.*) Allons, bon ! Et moi qui ai ce soir une poule d'honneur ! C'est-il ennuyeux, le travail ! Oh ! si je connaissais celui qui l'a inventé.....

M. PARANGON.

Nous avons à enlever un tout petit *Mémoire* que Monsieur vient de nous apporter. Oh ! presque rien, 4 feuilles in-4° tout au plus. Les épreuves doivent être envoyées demain à midi ; ainsi, vous le voyez, il n'y a pas de temps à perdre. Tiens, Augustin, voici la copie : tu feras bien de la partager avant que ces Messieurs n'aillent déjeuner, de façon que chacun sache ce qu'il aura à faire ce soir.

(*Les compositeurs entourent la casse d'Augustin.*)

L'AUTEUR, *à M. Parangon.*

Vous avez là, Monsieur, une imprimerie parfaitement tenue. Vous devez posséder un matériel considérable ?

M. PARANGON, *souriant.*

Moi!... oh ! rien de tout cela ne m'appartient.

L'AUTEUR.

Vous voulez rire. On m'a bien assuré dans la ville que vous étiez seul propriétaire.

M. PARANGON.

Rien de plus facile que de vous prouver le contraire. (*S'approchant d'une casse.*) A qui cette casse de *philosophie?*

PREMIER COMPOSITEUR.

A moi, Monsieur.

L'AUTEUR, *étonné.*

Tiens !

M. PARANGON.

Et celle-ci de *Saint-Augustin?*

DEUXIÈME COMPOSITEUR.

A moi, Monsieur.

L'AUTEUR.

Tiens, tiens !

M. PARANGON.

Je vous l'avais bien dit. (*Il remonte vers le marbre.*) Mais qui donc a laissé là cette lettre sur le marbre ? à qui est-elle ?

TROISIÈME COMPOSITEUR.

A moi, Monsieur ; je vais l'enlever.

L'AUTEUR.

Tiens, tiens, tiens ! Oh ! prodigieux ! On m'avait pourtant bien dit....

M. PARANGON.

Vous voyez, cependant, que je ne puis rien avoir à moi, puisque tout appartient à ces Messieurs. (*Avisant un pâté dans un coin.*) C'est-à-dire, si, je possède quelque chose.

A qui ce *pâté*[1] ?... Personne ne répond.... il paraît que c'est bien à moi. Petit-Qué, mon enfant, il faudra faire ce pâté. Ne l'oublie pas, surtout.

PETIT-QUÉ.

Oui, Monsieur. (*Bas.*) En v'là une d'occase!... du pâté, à quoi que ça sert? (*Il en met une poignée dans ses poches.*) (*A part.*)

AIR *du* *Carnaval* (de MEISSONNIER).

En général, ce mets est indigeste ;
Je vous engage à n'en point abuser.
Mais celui-là, — vous le savez de reste! —
Plus que tout autre est dur à digérer.
Et cependant, ce que je fais par force,
D'autres le font en toute liberté :
Plus d'un auteur, — que personne n'y force, —
Ainsi que moi, ne fait que du *pâté*. (*bis.*)

L'AUTEUR.

Ainsi, Monsieur, vous me promettez que demain à midi j'aurai mes épreuves?

M. PARANGON.

Soyez tranquille, Monsieur, tout sera prêt à l'heure dite. C'est comme si vous l'aviez.

L'AUTEUR.

Au plaisir de vous revoir. (*Il sort reconduit par M. Parangon.*)

M. PARANGON, *revenant.*

Eh bien! Augustin, as-tu examiné la copie? Penses-tu que nous puissions arriver?

AUGUSTIN.

Oh! parfaitement. C'est à peine si chacun a cinq paquets à faire.

[1] Caractères mêlés.

M. PARANGON.

Tant mieux ! tant mieux ! la besogne est mieux faite quand on n'est pas obligé de courir la poste ; et par ce temps de chemins de fer, de télégraphe électrique, les auteurs sont si exigeants !

Air du *Vaudeville du Premier prix.*

> Si cette exigence-là dure,
> Dieu sait où ça nous conduira !
> On les verra, la chose est sûre,
> Demander plus qu'on ne pourra...
> Dès qu'ils auront rêvé, je gage,
> Un roman ou quelqu'autre écrit,
> Il faudra brocher leur ouvrage
> Avant d'avoir le manuscrit.

Cela ne m'étonnerait pas qu'ils voulussent voir leurs éditions épuisées avant le tirage. Et, ma foi, ils n'auraient pas tout à fait tort : il y en a tant qui ne se vendent pas ! (*Aux ouvriers.*) Allons, mes amis, allez et revenez vite. Vous savez que j'apprécie tout le mal que vous vous donnez; vous serez contents de moi, je ne vous dis que ça. Allons, bon appétit.

CHOEUR.

Air *du Rocher de Saint-Malo.*

> Partons, partons }
> Partez, partez } au plus tôt :
> L'dîner nous appelle.
> Chacun, au devoir fidèle,
> Reviendra bientôt.

(*Ils sortent, excepté M. Parangon et Augustin.*)

SCÈNE III

M. PARANGON, AUGUSTIN.

(Augustin n'a point suivi ses camarades ; il reste à sa casse et semble chercher quelque chose. M. Parangon, qui se disposait à rentrer chez lui, se retourne et le regarde en souriant.)

M. PARANGON.

Tu ne vas pas déjeuner, Augustin ? Que cherches-tu donc là ?

AUGUSTIN, *embarrassé.*

Moi ? rien... si... je vais y aller...

M. PARANGON.

Comment ! rien... Que fais-tu, en ce cas ? qu'est-ce que tu as à fureter entre tes *mentonnières* [1] ?

AUGUSTIN, *plus embarrassé.*

Vous vous trompez, je... je... je...

M. PARANGON, *à part et l'imitant.*

Vous vous trompez, je... je... je... Patauge, mon ami, patauge... Est-il embarrassé, ce pauvre garçon, de me voir rester ici ! Il se figure que je ne sais rien, que je n'ai rien vu, rien du tout.

(Mignonne paraît à la porte du fond ; apercevant son père, elle recule, pousse un léger cri et disparaît.)

---

[1] Supports destinés à relever la casse sur le rang, et à lui donner plus ou moins d'inclinaison.

M. PARANGON, *souriant.*

Bon ! tu viens de te piquer ?

AUGUSTIN, *vivement.*

Mais non , mais non. Pourquoi me demandez-vous cela ?

M. PARANGON.

Il m'avait semblé entendre un ah !... je m'étais trompé. (*A part.*) Allons, mon vieux, pourquoi tourmenter ces deux enfants ? Ne te souvient-il plus de ton jeune temps ?... Toi aussi, tu as eu vingt ans, —il y a longtemps, mais enfin tu les as eus, —et alors tu étais bien heureux de pouvoir échanger à la dérobée un regard, un mot, un serrement de main, un baiser même quelquefois, avec celle que tu aimais.... Ces enfants, ils s'aiment, tu le sais ; cet amour mutuel, tu l'as encouragé, c'était ton vœu le plus cher : laisse donc ces enfants faire ce que tu as fait ; laisse-les s'aimer, se le dire, — c'est si doux, à vingt ans ! — et ne leur enlève pas leurs quelques instants de bonheur : on en a si peu dans ce monde ! (*Il se dirige vers la gauche.*) A tantôt, Augustin. (*Il sort.*)

SCÈNE IV

AUGUSTIN *seul*, *puis* MIGNONNE.

AUGUSTIN.

Enfin le voilà parti ! j'ai cru qu'il ne s'en irait point. Mais maintenant Mignonne osera-t-elle revenir ? ne craindra-t-elle pas de rencontrer son père ? (*Il va vers le fond, Mignonne entre en scène.*)

MIGNONNE,

Vous êtes seul ?

AUGUSTIN,

Votre père vient de rentrer chez lui. (*Une pause.*) Chère Mignonne, combien je vous remercie d'être venue, et d'avoir consenti à me sacrifier quelques instants !

MIGNONNE, *avec étonnement.*

Oh ! mon Dieu ! quelle reconnaissance ! Vous sacrifier quelques instants... Qu'est-ce que tout cela signifie? Qu'y a-t-il d'étrange dans ce que je fais ? Ce matin, vous m'avez demandé d'un air mystérieux de venir ici dès que les ouvriers auraient quitté l'atelier. J'ai pensé que vous aviez quelque chose à me dire, et comme, en ma qualité de fille d'Ève, je suis curieuse, et très-curieuse, je suis venue, voilà tout : je ne vois pas qu'il y ait là rien de bien extraordinaire et qui vaille tant de remercîments. (*Avec enjouement.*) Allons, voyons, Monsieur le beau parleur, Monsieur le cachotier, quel secret important avez-vous à me communiquer ?

AUGUSTIN.

Vous l'avez dit, Mignonne; c'est en effet un secret important que je veux vous révéler. De ce secret dépendra le bonheur ou le malheur de ma vie, selon que vous accueillerez ou que vous repousserez l'aveu que je vais vous faire.

MIGNONNE, *vivement.*

Votre malheur, dites-vous ? Me connaissez-vous si peu, mon ami, pour penser que je veuille jamais...

AUGUSTIN.

Oh ! Mignonne, je ne mets nullement en doute votre

cœur, mais.... (*Hésitant.*) Sachez donc qu'il faut que je parte, que je quitte cette maison.

MIGNONNE.

Partir ! qui ? vous ? Je ne vous comprends pas.

AUGUSTIN.

Amie, écoutez-moi, et vous connaîtrez les motifs de ma résolution. Il y a vingt-deux ans, Mignonne, par une froide soirée d'hiver, un tout petit enfant, à peine âgé de deux mois, avait été laissé à la garde de Dieu sur le banc de pierre qui avoisine le seuil de cette maison. Cette pauvre créature abandonnée, le froid qui venait de la réveiller allait sans doute la faire mourir, lorsque le Ciel amena près d'elle un homme compatissant qui, touché de pitié, jura de rendre à l'orphelin les parents qu'il avait perdus. Cet homme généreux, chère Mignonne, c'était votre père ; l'enfant, c'était moi. Vous n'étiez point née encore, et votre mère, dans sa pensée, me destinait sans doute à remplacer l'enfant qui lui faisait défaut. Vous vîntes au monde, mais votre naissance ne nuisit jamais un seul instant au pauvre enfant trouvé, car vos parents ne lui retirèrent rien de la part d'affection et de caresses qu'ils lui avaient si généreusement donnée. Jamais je n'eusse pu croire que je n'étais pour eux qu'un fils adoptif, si le hasard ne me l'eût appris. Quelle douleur me causa cette découverte, et combien il me fallut de temps pour la calmer ! J'avais vécu jusqu'alors tranquille et joyeux ; j'avais cru posséder un père, une mère, une sœur qui m'aimaient, que j'aimais aussi, et soudain la réalité m'apparaissait : je n'étais plus rien pour eux qu'un étranger. Cependant, cette révélation m'avait rendu plus attaché encore au toit hospitalier qui avait abrité mon infortune. L'instruction que j'avais reçue me permettait de conquérir en peu de temps une position brillante, et pourtant je choisis la profession que votre père avait pratiquée et honorée. Mais, je dois vous l'avouer, Mignonne, la reconnaissance ne guida pas seule mon choix ; j'y fus déterminé surtout par cette pensée, qu'en suivant une autre carrière, il fallait vous quitter, et mon cœur ne pouvait se résoudre à se séparer des seuls êtres qui m'eussent aimé.

MIGNONNE.

Avons-nous donc cessé maintenant de vous aimer, que vous voulez partir ?

AUGUSTIN.

Loin de moi la pensée de vous faire un semblable reproche ! Vous êtes toujours les mêmes pour moi. Chaque jour vient me prouver davantage l'amitié paternelle de votre père ; vous non plus, n'êtes point changée. Rester auprès de vous serait le plus cher de mes vœux ; et pourtant ma résolution est prise : quoi qu'il m'en puisse coûter, il faut que je vous quitte.

MIGNONNE.

Mais quels motifs enfin vous y obligent ?

AUGUSTIN.

Les motifs, chère Mignonne, ne les comprenez-vous pas ?... Avez-vous donc pensé que je pourrais avoir assez de force pour empêcher une affection fraternelle de se changer en un autre sentiment plus doux, mais peut-être insensé ? car si le pauvre enfant trouvé a droit à l'amitié de la sœur, ne trouverait-il pas indifférence ou dédain pour l'amour qu'il oserait déclarer ?...

MIGNONNE.

Vous avez évoqué les souvenirs du passé ; écoutez-moi maintenant à votre tour... C'était du temps de ma pauvre mère, et je ne savais pas encore que vous n'étiez point mon frère. Un soir, assis dans le fond du jardin, mes parents échangeaient entre eux les projets d'avenir qu'ils avaient formés pour moi. Ils ignoraient sans doute que je fusse à portée de les entendre, et tous deux parlaient sans défiance. « Mon rêve est bien simple, disait ma mère ; je vois toujours notre chère Mignonne dans cette maison ; notre autre enfant ne l'a point quittée, et nous continuons à l'appeler notre fils. »

AUGUSTIN.

Et que répondit votre père ?

MIGNONNE.

Mon père se leva, prit la main de ma mère dans les siennes, et lui dit : « Tes désirs sont les miens ; puissions-nous les voir se réaliser un jour !... » (*Timidement.*) Et maintenant, Augustin, faut-il que je vous dise que ce secret... que vous ne vouliez pas me révéler..., je l'avais... deviné depuis longtemps déjà.

AUGUSTIN , *avec joie.*

Quoi ! Mignonne, vous avez deviné que je vous aime ?... et vous ne rejetez point l'amour que je vous offre !...

MIGNONNE, *avec bonheur.*

Les jeunes filles, dit-on, aiment à songer à l'avenir qu'elles doivent rencontrer. Les unes rêvent la richesse et tous les plaisirs brillants qui l'accompagnent ; les autres, plus sages peut-être, se font un avenir calme et tranquille, mais étincelant de bonheur. Augustin, le rêve que mon imagination de jeune fille s'est plu à évoquer, c'est un de ces rêves de bonheur où la vie s'écoule doucement à côté de celui qu'on aime ; ce rêve enfin...

AUGUSTIN.

C'est...

MIGNONNE.

C'est celui de ma mère !...

AIR : *Rien n'est si beau que mon village.*

Vous restiez toujours près de nous,
Et mon père était votre père :
Pourtant vous n'étiez plus mon frère ;
Je vous nommais d'un nom plus doux.
Nos jours passaient sans qu'un nuage
De notre ciel ternît l'azur,
Et notre amour était le gage
D'un avenir riant et pur.

AUGUSTIN.

Ainsi donc, vous m'aimez !... Ah ! pardonnez-moi si je semble douter ; mais, voyez-vous, le bonheur.... Elle m'aime !.... Elle m'aime ! et je n'ai rien à lui offrir en échange de son affection ; rien, pas même un nom !...

MIGNONNE.

Ne suis-je pas riche, Augustin ? cela ne suffit-il pas ? En serons-nous moins heureux ? nous en aimerons-nous moins ?

AUGUSTIN.

Mais le monde, le monde impitoyable, toujours prêt à supposer le mal, à nier le bien, que pensera-t-il, en voyant notre mariage ? Chacun, en me rencontrant, ne se dira-t-il pas en ricanant : Celui-là n'était rien, c'était un enfant abandonné on ne sait par qui. Un homme l'a pris en pitié, l'a nourri de ses bienfaits. Cet homme avait une fille belle et riche, et la cupidité de l'enfant trouvé s'est allumée : le misérable a feint un amour qu'il ne ressentait pas ; il l'a fait partager à la fille de son bienfaiteur, et maintenant il jouit de la richesse qu'il a indignement usurpée. (*Avec exaltation.*) Oui, voilà ce que dira le monde ; voilà ce que je lirai sur tous les visages, dans tous les regards ; et que pourrai-je répondre pour me défendre ?.... Non, non, Mignonne, le monde ne dira pas cela...; je ne veux pas qu'il le dise, dussé-je mourir mille fois !... Je vous aime sincèrement, et, Dieu m'en est témoin, je n'ai jamais songé un seul instant à la fortune que vous pouviez posséder. Mon amour ne doit pas être soupçonné. Ce matin, en vous demandant cet entretien, je n'osais me flatter de voir mon amour partagé ; je voulais partir ; et maintenant, plus que jamais, je dois accomplir mon dessein.

MIGNONNE.

Vous voulez partir, Augustin ! et je vous ai dit que je vous aimais !... Vous voulez partir, et cependant je vous ai dit que votre départ me briserait le cœur !... Et cela pour éviter les méchants propos de gens encore plus méchants...... Vous craignez l'opinion du monde, dites-vous ? n'y a-t-il donc que cette ville où l'on puisse être heureux ? Je vous aime assez, Augustin, pour quitter ce pays, pour aller avec vous partout où vous voudrez et pourtant une partie de moi-même, ma pauvre mère, ne pourra me suivre !...

Air précédent.

Quoi! vous voulez fuir loin de nous,
Lorsque mon cœur vous dit : Espère !
Vous voulez suivre une chimère,
Quand le bonheur est près de vous.
Ami, croyez-moi, faites trève
A vos projets de vanité :
Dites un mot, et mon doux rêve
Deviendra la réalité.

AUGUSTIN.

Mais votre père, Mignonne, consentira-t-il à cette union? consentira-t-il à nous suivre? Ira-t-il quitter pour nous une ville où, depuis soixante ans, il est honoré de tous?

MIGNONNE.

Avez-vous consulté mon père, et pouvez-vous le méconnaître à ce point? Mon père, le nôtre, Augustin, nous chérit tous les deux d'une égale affection, et je ne doute point qu'il ne consente à notre mariage, quand je lui aurai dit qu'il doit combler mes vœux. Avant de partir, ami, demandez-lui ma main, et, promettez-le moi, dites-lui toutes vos craintes : quelle qu'elle soit, je me soumettrai à sa décision. Me le promettez-vous?

AUGUSTIN.

Je le jure ; mais vous, Mignonne, s'il faut que je vous quitte, attendrez-vous?

MIGNONNE.

Je vous attendrai, j'en fais le serment solennel ; je n'aurai jamais d'autre époux que vous. On vient; adieu. Songez à votre promesse.

(Augustin sort.)

SCÈNE V

MIGNONNE *seule.*

(*Elle regarde sortir Augustin.*) Il m'aime, m'a-t-il dit. Est-ce donc là ce qu'on appelle aimer? Être épris d'une jeune fille, apprendre qu'elle partage sincèrement l'affection qu'elle a inspirée, regarder comme un bien suprême de passer ses jours auprès d'elle, et pourtant la quitter, la délaisser, pour contenter je ne sais quelle satisfaction d'amour-propre !... Mais ce départ, comment l'empêcher?.... Mon père aura-t-il assez de pouvoir sur lui pour l'obliger à renoncer à son projet, lorsque moi je n'ai pu?.... A tout prix, cependant, il faut qu'il y renonce. Comment dire à mon père ?.... je n'oserai jamais.... Eh! j'y songe..... Palestine, ma bonne Palestine, qui m'a vue naître, qui m'aime tant, peut-être consentira-t-elle à me venir en aide.

(Entre Palestine.)

SCÈNE VI

MIGNONNE, PALESTINE.

PALESTINE.

Eh bien ! Mignonne.... Ton père demandait, il y a quelques instants, ce que tu étais devenue. Je lui ai répondu que je te croyais au jardin ; et comme je me suis bien doutée que tu étais ici, je suis venue te prévenir.

MIGNONNE.

Cette bonne Palestine!

PALESTINE.

Oui, cette bonne Palestine, qui te gâte, n'est-ce pas?
Mais tu étais seule? Augustin est donc parti?

MIGNONNE.

Certainement; nous avions cru entendre venir, il s'en
est allé.

PALESTINE.

Et connais-tu enfin ce mystère?

MIGNONNE, *avec un soupir.*

Oh! va, je ne me doutais guère de ce qu'il voulait
m'apprendre.

PALESTINE.

Ah! mon Dieu! mais que t'a-t-il dit?

MIGNONNE, *hésitant.*

D'abord.... il m'a dit... qu'il... qu'il m'aimait...

PALESTINE, *souriant.*

Il me semble qu'il ne t'apprenait pas là quelque chose
de bien nouveau; car enfin il y a longtemps que nous
nous en étions aperçues.

MIGNONNE.

Oui; mais, comprends-tu cela? il veut partir; il veut
à toute force s'en aller.

PALESTINE.

Comment! s'en aller!... où cela?... J'espère que
tu lui as dit qu'il n'avait pas le sens commun?

MIGNONNE.

Tu penses bien que je n'y ai pas manqué.

PALESTINE.

Il t'aime, cependant?

MIGNONNE.

Certainement. Il me l'a dit, du moins.

PALESTINE.

Que prétend-il donc faire? pourquoi ce départ?...

MIGNONNE.

Ah! voilà. Il prétend que parce que je suis riche, il ne peut pas m'épouser. Il ne veut pas que l'on dise qu'il m'a épousée par intérêt. Enfin... que sais-je? Y comprends-tu quelque chose?

PALESTINE.

Augustin a eu raison, ma chère enfant, de te dire cela, et ses scrupules prouvent la noblesse de ses sentiments. Ce cher Augustin !

MIGNONNE.

Comment! tu l'approuves?

PALESTINE.

Certainement. Qui ne l'approuverait pas ?

MIGNONNE.

Mais tu ne sais donc pas combien je l'aime? Tu ne sais donc pas que s'il s'éloigne jamais d'ici, je ne pourrai plus vivre. Chaque jour, à chaque instant, je me demanderai avec anxiété : où est-il à présent? que fait-il? est-il heureux? Et s'il vient à tomber malade, qui le soignera, quand nous ne serons plus là? Et s'il... Oh ! Palestine, tu dis que tu nous aimes, et tu peux parler ainsi ! je n'aurais jamais cru cela de toi : va, tu ne nous aimes plus !

PALESTINE, *peinée.*

C'est mal, Mignonne, ce que tu me dis là ; moi, ne plus vous aimer ! Moi qui vous ai vus grandir tous les deux à mes côtés ; moi qui depuis plus de quinze ans ne vous ai jamais quittés une seconde ! Oh ! Mignonne, ta pauvre mère n'aurait jamais prononcé les rudes paroles que tu viens de me faire entendre ; elle qui, à son lit de mort, m'a dit (tu t'en souviens, n'est-ce pas ?) de la remplacer auprès de vous ! Elle me connaissait mieux, la pauvre dame.

MIGNONNE.

Pardonne-moi, ma bonne Palestine ; mais si tu savais ce que je souffre, quand je pense qu'il veut nous quitter !

PALESTINE.

Crois-tu que je le veuille plus que toi ? La résolution d'Augustin est une bonne résolution... seulement...

MIGNONNE.

Seulement...

PALESTINE.

C'est à toi de l'empêcher de la mettre à exécution.

MIGNONNE.

Comment ?

PALESTINE.

Rien de plus simple. Ton père t'aime ; Augustin aussi lui est cher, et votre mariage le comblera de joie.

MIGNONNE.

Eh bien ?

PALESTINE.

Eh bien ! il faut tout dire à ton père, et ce que tu n'as pu faire, sois sûre qu'il le fera. Augustin ne partira pas.

MIGNONNE, *joyeuse.*

Oh! que je t'embrasse pour cela ; tu as raison, mille fois raison. C'est bien simple. Oui... mais... tout dire à mon père, je n'oserai jamais.

PALESTINE.

Tu as donc bien peur de lui?

MIGNONNE.

Non... pourtant... Oh! si tu voulais, ma bonne...

PALESTINE.

Allons, voyons, achève ; tu veux que je lui parle pour toi. (*signe d'assentiment de Mignonne.*) Essuyons ces beaux yeux. Je m'en charge, et sois tranquille, ce ne sera pas long... Justement voici ton père.

SCÈNE VII

Les Mêmes, M. PARANGON.

M. PARANGON.

Ah! vous voilà toutes les deux; cela tombe bien ; je vous cherchais. Palestine, il doit y avoir là, sur la table, des prospectus in-8° que l'on vient de venir demander, tu devrais bien me faire le plaisir de les plier. Mignonne t'aidera. (*Les deux femmes se dirigent vers la table de gauche, s'y asseoient et se mettent à plier.*) Pendant ce temps-là, je vais lire mon journal, en attendant que les ouvriers reviennent.

PALESTINE, *assise.*

N'ai-je pas entendu dire que l'on travaillait cette nuit ?

M. PARANGON.

Oh ! mon Dieu, oui. Un mémoire des plus intéressants et qui ne peut souffrir aucun retard. (*Prenant un feuillet de copie sur la casse d'Augustin.*) LA MONOGRAPHIE DU CHARANÇON, SES RAPPORTS AVEC L'HOMME, SON UTILITÉ EN AGRICULTURE, ETC., ETC. Comme tu le vois, cela est d'un intérêt palpitant ; et, pour comble de bonheur, c'est le premier ouvrage qui soit sorti de la plume de l'auteur, ce qui ajoute encore à l'urgence de la chose.

MIGNONNE, *assise.*

Est-ce qu'Augustin passe aussi la nuit ?

M. PARANGON.

Naturellement.

MIGNONNE.

Ce sera la deuxième de cette semaine.

PALESTINE.

Avouez, Monsieur Parangon, que vous avez eu une bonne idée, en mettant Augustin à la tête de votre maison. Quelle ardeur, quel zèle il apporte au travail ! Il serait le patron, qu'il ne pourrait pas se donner plus de mal.

M. PARANGON.

Tu as grandement raison, ma bonne Palestine, et tu n'as pas été la seule à reconnaître tout le mérite de mon cher Augustin. Tous les jours je me félicite de mon idée. Savez-vous que son activité a doublé le chiffre des affaires ?

PALESTINE.

Est-il possible ?

M. PARANGON.

C'est comme je te le dis. Dam ! cela n'a rien d'éton-

nant : il est jeune, et moi je suis vieux. Me voyant posses-
seur d'une fortune assez rondelette, je n'apportais plus
le même enthousiasme qu'autrefois à la recherche des
clients. Et puis, quand l'âge arrive, on éprouve instincti-
vement, et sans s'en apercevoir, le désir de se reposer un
peu. Je conservais mes anciens clients, mais je ne faisais
rien ou presque rien pour en attirer de nouveaux. Dès
que j'ai eu mis Augustin à la tête de mon imprimerie, tout
a changé aussitôt : j'ai vu revivre ici, comme par enchantement, les beaux jours de ma jeunesse. Enfin, si
cela continue encore quelques années, mon fils d'adoption pourra trouver un parti convenable lorsque l'envie
de se marier lui viendra... — car elle lui viendra.

MIGNONNE, troublée, se levant.

Comment ! Que veux-tu dire ?

M. PARANGON, souriant.

C'est tout simple. Dès le jour où Augustin a pris la
direction des affaires, je ne me suis considéré que comme
son bailleur de fonds. Je lui ai donc ouvert un compte, et
j'ai porté chaque année à son actif tout le bénéfice réalisé
Voilà bientôt deux ans qu'il a commencé, sans s'en douter le moins du monde, à se faire une petite fortune.

PALESTINE, se levant.

C'est bien, Monsieur, ce que vous avez fait là. C'est
le digne complément de ce que vous avez déjà fait
pour lui.

M. PARANGON, avec feu.

Allons, bon ! voilà encore que tu vas recommencer
tes éloges habituels ! Je voudrais bien savoir une fois
pour toutes ce que j'ai fait de si extraordinaire. Ne fallait-

il pas le laisser sur la pierre où je l'ai trouvé? Est-ce que tout le monde n'en aurait pas fait autant que moi? [1] [Quel mérite ai-je de plus que tout le monde ?

PALESTINE.

La preuve que vous avez fait mieux que les autres, c'est que j'en connais beaucoup qui, à votre place, l'auraient tout bonnement porté à l'hospice.

M. PARANGON.

Parce qu'ils n'auraient peut-être pas été assez riches pour le garder. Ma fortune était en bonne voie; je n'avais point encore d'enfant; je pouvais même n'en point avoir. J'ai donc gardé Augustin. Plus tard, le ciel m'a envoyé ma chère Mignonne; eh bien! au lieu d'un enfant, j'en ai eu deux, et d'ailleurs, ne m'a-t-il pas récompensé, et bien au delà, du peu de bien que j'ai pu lui faire ?

PALESTINE.

Ça, c'est bien vrai. Augustin n'a jamais eu d'autre envie que celle de vous plaire et de vous contenter en toutes choses. Vous rappelez-vous comme il était fier, — il me semble le voir encore, — lorsqu'aux distributions des prix de son collége, — car vous l'avez envoyé au collége, — il venait vous offrir les couronnes qu'il avait remportées. Et vous aussi, vous étiez bien heureux. Ces jours-là le pauvre enfant semblait vous dire en revenant vous embrasser : « Ce n'est pas moi que l'on couronne; ce n'est pas moi que l'on récompense, c'est vous, c'est votre bonté sans laquelle je ne serais rien.

---

[1] Les passages entre crochets peuvent être supprimés à la représentation.

M. PARANGON, *attendri.*

Comment veux-tu que je l'aie oublié? est-ce que ces
jours-là n'étaient point aussi des jours de fête pour moi?]
Augustin est un honnête garçon, et je donnerais je ne sais
quoi pour qu'il fût véritablement mon fils.

PALESTINE, *avec un peu d'hésitation.*

Mais n'y a-t-il pas un moyen pour qu'il le devienne? Il
me semble qu'en cherchant bien...

M. PARANGON, *jouant l'étonné.*

Un moyen?... lequel donc... (*A Mignonne, qui le regarde avec anxiété.*) Est-ce que tu en connaîtrais un,
Mignonne?

MIGNONNE, *embarrassée.*

Moi, mon père, non... c'est-à-dire... si... non...

M. PARANGON.

Non... si... non... voilà une singulière réponse. Tu
ne me parais pas encore bien convaincue de ton opinion.
Il doit certainement exister un moyen de lui donner
mon nom; j'y ai même déjà songé, et dès que ma petite
Mignonne sera mariée, je m'en occuperai sérieusement.

MIGNONNE.

Moi, mon père, me marier!

M. PARANGON.

Ce que c'est que ces jeunes filles! dès qu'on leur parle
de mariage, elles ne savent plus quelle contenance garder.
Mais sans doute, mon enfant; tu es trop jolie pour coiffer
sainte Catherine. Dieu merci, quand je sors avec toi au
bras, je reçois assez de coups de chapeau à ton intention.
Nos jeunes gens, par ici, ont de bons yeux, et j'espère

bien que l'un de ces jours il s'en trouvera un qui se dira :
« Eh ! la petite Mignonne ferait une bien jolie petite
femme ; allons donc trouver le père Parangon. » Et, ma
foi, si le jeune homme est bien, s'il a quelque fortune, s'il
me plaît, s'il te convient aussi, mon enfant, — car je te
laisserai complétement maîtresse de ton choix, — eh bien !
alors je lui répondrai : Touchez-là, mon gendre, à quand
la noce ?

MIGNONNE, vivement.

Mais, mon père, je ne veux point me marier ; je me
trouve très-bien ici ; et d'ailleurs je n'ai jamais songé au
mariage.

M. PARANGON.

Ta... ta... ta... chansons ! les jeunes filles y songent
dès qu'elles ont fait leur première communion : elles font
toutes leurs petits projets, et je suis sûr que tu as fait ni
plus ni moins que les autres, quoi que tu dises. Qu'en
penses-tu, Palestine ? Tu dois savoir cela ; tu as été sa
nourrice, tu es la confidente obligée de ton enfant : c'est
toujours ainsi que cela se passe dans les tragédies de
M. Racine et de M. Crébillon.... N'est-ce pas, qu'il doit y
avoir quelque projet en l'air ?

PALESTINE, bas à Mignonne.

Allons, Mignonne, l'occasion est favorable, il faut en
profiter.

MIGNONNE, bas.

Aide-moi... je n'oserai jamais.

M. PARANGON.

Vous ne dites rien. Quel malheur ! moi qui aime tant
les petites confidences. Alors, ce sera moi qui vous en

ferai une. Le jeune homme dont je vous parlais tout à l'heure... eh bien ! il est trouvé. Je viens de recevoir une lettre de M. Durand, le riche négociant, par laquelle il me demande pour son fils la main de ma fille.

MIGNONNE, avec douleur.

Oh ! mon Dieu !

M. PARANGON.

Comment ? oh ! mon Dieu ! Je ne vois pas qu'il y ait là de quoi pousser un : oh ! mon Dieu ! si douloureux. Le jeune homme est fort bien, le père est immensément riche, et c'est un fort beau mariage pour toi.

MIGNONNE, bas à Palestine.

Je t'en prie, parle-lui.

PALESTINE.

Il n'y a qu'un tout petit malheur, c'est que Mignonne ne veut épouser qu'un imprimeur, ou, tout au moins, quelqu'un qui puisse reprendre la maison de son père.

M. PARANGON.

Bah ! je croyais qu'elle n'avait jamais songé au mariage.

MIGNONNE, timidement.

Ecoute-moi, mon père ; je ne puis ni ne veux dissimuler davantage avec toi. Eh bien ! oui, j'ai quelquefois songé au mariage, mais je n'ai jamais ambitionné la fortune... Tu cherchais tout-à-l'heure un moyen de donner à Augustin le droit de t'appeler son père...

M. PARANGON.

Eh bien ! ce moyen ?

4

MIGNONNE, *avec tendresse.*

Je l'ai trouvé... Augustin est après toi, mon père, tout ce que j'aime le plus au monde, et je sens là (*montrant son cœur*) que le jour où je deviendrai sa femme sera le plus beau jour de ma vie.

PARANGON, *lui prenant la main.*

Chère enfant! tu ne peux savoir le bonheur que viennent de me causer tes paroles. Ce mariage que tu désires, mais il y a longtemps que je l'avais projeté. J'attendais de moment en moment l'aveu que tu viens de faire. Est-ce que je n'ai pas su deviner, avant même que vous ne vous en fussiez rendu compte, le changement qui s'était opéré dans l'amitié fraternelle qui vous unissait?... Tout à l'heure encore, lorsque je vous parlais de ce moyen que je ne trouvais pas, ce n'était de ma part qu'un prétexte pour te faire parler, petite dissimulée.

MIGNONNE, *avec tendresse.*
Cher père!... et cette lettre?...

M. PARANGON, *riant.*
Quelle lettre?

MIGNONNE.
De M. Durand.

M. PARANGON.
Encore un prétexte... M. Durand n'a pas de fils.

MIGNONNE.
Oh! quel vilain piége!

M. PARANGON.
Es-tu fâchée de ce que tu m'as dit? (*Négation de Mignonne.*) Ah dam! il fallait bien que cela finît. Je

me fais vieux, et, avant de partir (*mouvement de Mignonne*), j'ai voulu assurer ton bonheur et celui d'Augustin, afin qu'un jour, en vous trouvant heureux, vous pensiez à moi de temps en temps quand je ne serai plus là : C'est notre père qui nous a unis, il était si bon ! vous direz-vous alors. Et, ma foi, je ne l'entendrai peut-être pas, mais ça me fera plaisir !...

MIGNONNE.

Ce bon père !

M. PARANGON.

Ah çà ! nous sommes d'accord. Augustin va venir me demander ta main ; — (*gaiement*) car enfin, je ne peux pas aller de but en blanc lui jeter à la tête ma jolie Mignonne ; — et alors, prenant mon air le plus digne..., je lui dirai... Eh bien ! quoi ? qu'y a-t-il ? tu me parais toute drôle.

MIGNONNE.

Hélas ! mon père, Augustin ne t'ira pas demander ma main.

M. PARANGON.

Comment ! il ne t'aime donc pas ?

MIGNONNE.

Mais si, mon père, au contraire ; mais il veut partir...

M. PARANGON.

Partir !... et pourquoi ?

MIGNONNE.

Parce que je suis riche et qu'il ne l'est pas, et qu'il ne veut pas....,.

M. PARANGON.

Je vous demande un peu de quoi il se mêle... Et si

cela me convient, d'avoir un gendre qui n'a rien !...
Rassure-toi : Augustin ne partira pas, je te le promets.
Dans huit jours nous signons le contrat, et dans quinze,
tu ne seras plus mademoiselle Mignonne, tu seras madame Augustin.

MIGNONNE, *avec tendresse.*

Oh ! mon père , je serai toujours Mignonne pour toi.

M. PARANGON, *gaiement.*

Je l'espère bien, morbleu !.... Allons, je vais achever
la lecture de mon journal que j'ai oublié.... et penser
à tout cela.

MIGNONNE.

Tu me promets qu'il ne partira pas.

M. PARANGON.

Sois tranquille et compte sur moi.... Au revoir.

(*Il sort.*)

<h1 align="center">SCÈNE VIII</h1>

<h2 align="center">MIGNONNE, PALESTINE.</h2>

PALESTINE.

Eh bien ! avais-je tort en te conseillant de tout dire à
ton père ?...

MIGNONNE.

Chère Palestine, si tu savais combien je suis heureuse !

PALESTINE.

Et moi, crois-tu que je ne partage pas ton bonheur ?
Quel plaisir ce sera pour moi, le jour de ton mariage, de
te parer, de te faire belle ! Et puis, plus tard, lorsqu'il

y aura dans la maison un petit ange (*Mignonne baisse la tête moitié confuse, moitié souriante*), — joli comme sa mère, — à bercer, à promener, qui est-ce que cela regardera, si ce n'est la vieille Palestine?... Là, vrai, il me semble que je rajeunis de vingt ans... (*On entend rire et chanter dans la coulisse.*) Mais voici déjà les ouvriers qui reviennent ; allons, mon enfant, il ne serait point convenable que l'on te vît ici, rentre chez toi. (*Mignonne sort par la gauche.*) Moi, je vais achever de plier ces prospectus. (*Elle se remet à la petite table. Entrent tous les ouvriers.*)

SCÈNE IX

CICÉRO, CONSCIENCE, VISORIUM, TOUS LES OUVRIERS, *puis* AUGUSTIN, *puis* SALÉ.

CONSCIENCE.

AIR *de la ronde du Maçon.*

Le devoir, amis, nous appelle,
A sa voix il faut obéir ;
Travaillons ce soir avec zèle,
Demain sera pour le plaisir.
Que chacun se mette à l'ouvrage,
Et répétons le vieil adage
Que nous a transmis l'Opéra :

Du courage (*bis*),
Les amis sont toujours là.

CHŒUR GÉNÉRAL.

Du courage (*bis*),
Les amis sont toujours là.

CONSCIENCE *apercevant Palestine, galamment.*

Quel heureux hasard, Mademoiselle, nous procure aujourd'hui l'avantage de vous voir au milieu de nous?

PALESTINE.

Vous le voyez : ces quelques prospectus que l'on est venu demander et que j'étais en train de plier. (*Elle se lève.*) Là, voilà qui est fait, on peut venir les prendre maintenant quand on voudra.

CONSCIENCE.

Vous partez?... déjà ! oh ! Mademoiselle, nous y perdrons... là, vrai, nous y perdrons.

(*Pendant ce colloque, les compositeurs se sont mis à leurs casses ; Palestine sort par la gauche.*

CONSCIENCE, *à sa casse.*

Ah ça, mais il me semble que c'est aujourd'hui le jour du *canard*, et la copie n'a pas l'air d'arriver. Il serait temps d'y songer, cependant. Avez-vous reçu quelque chose, père Visorium ?

VISORIUM, *à sa casse.*

Moi ? rien du tout. A quoi pensent donc les rédacteurs ?

CONSCIENCE.

Petit-Qué ?

PETIT—QUÉ.

Présent.

CONSCIENCE.

Dès que ton pâté sera terminé, tu iras chez M. Véridique, et tu lui diras que nous attendons la copie, qu'il n'y a pas de temps à perdre s'ils veulent paraître.

PETIT—QUÉ.

Oui, Monsieur, je vais me dépêcher.   (*Entre Augustin.*)

AUGUSTIN *entrant, à Conscience.*

M. Déléatur a-t-il rendu la feuille de M. Virgule?

CONSCIENCE.

Pas encore ; faut-il aller la chercher?

AUGUSTIN.

Non, c'est inutile ; j'ai à lui parler, je m'en informerai
en même temps. (*Il sort.*)

CONSCIENCE , *à sa casse.*

Tiens ! Salé n'est pas encore arrivé? Il est bien capable
de ne pas revenir. Il avait une telle *chèvre* [1] d'être obligé
de travailler ce soir, que cela ne m'étonnerait pas.

SALÉ , *à la cantonade.*

Moi je pense comme Grégoire,
J'aime mieux...

(*Il entre en regardant de tous côtés. — Déclamant.*)

Le *metteur*, Dieu merci, brille par son absence,
Et j'échappe au galop : bien heureuse est ma chance !

(*Il se met vivement au marbre.*)

VISORIUM.

Allons donc, flâneur ! Vraiment, ça n'a pas de nom ;
voilà deux jours que vous êtes sur cette feuille.

SALÉ.

Vous fâchez pas, papa Visorium , je vais rattraper le
temps perdu.... Je suis dans un dur effrayant.

---

[1] *Avoir la chèvre, gober sa chèvre,* se fâcher. Vieille expression em-
ployée plusieurs fois par Rabelais (*gauber sa chèvre*), et qui s'est conservée
dans le langage des ateliers typographiques.

VISORIUM, *quittant sa casse et allant vers Salé.*

Je vous le conseille, Salé, si vous voulez rester en paix avec le metteur. Avec ça que vous lui faites faire un mauvais sang!...

CONSCIENCE, *même jeu.*

Encore aujourd'hui, à quelle heure es-tu venu ?

SALÉ, *à part.*

Diable ! est-ce que le galop se mitonnerait? (*Haut.*) Ah! ce matin j'avais des affaires. Figurez-vous, père Visorium....

(*Rentre Augustin, qui va droit à Conscience et ne voit pas Salé, caché par Visorium.*)

AUGUSTIN, *après avoir parlé bas à Conscience.*

Père Visorium, faites donc corriger par un autre l'épreuve de Salé, puisqu'il n'est jamais là.

SALÉ, *au marbre.*

Comment ! comment ! jamais là ! J'pioche comme un dératé.

AUGUSTIN.

Combien y a-t-il de temps? (*S'approchant de Salé.*) En vérité, Salé, ma patience est à bout.

SALÉ, *quittant le marbre et allant vers Augustin.*

Vrai, Augustin, parole... il n'y a pas de ma faute... Je suis sorti hier avec un mal de tête... je l'ai encore... mais un mal de tête!... (*A part.*) Ça n'a pas l'air de prendre.

AUGUSTIN.

C'est pour le dissiper, sans doute, que tu as passé la nuit à boire et à jouer. Ah! Salé! Salé!...

SALÉ.

J'peux pas mentir. Eh bien ! oui, c'est vrai. Mais j'ai bien juré que c'était pour la dernière fois... Oh ça ! parole d'honneur ! (*A part.*) Le nuage a l'air de s'évaporer.

AUGUSTIN.

Ecoute, Salé; tu es un ami d'enfance; je t'ai connu bon travailleur autrefois; pourquoi te livrer à la débauche? Oublies-tu donc que tu es marié? (*Etonnement général.*) Ta pauvre Mariette, si frêle, fera une grave maladie, cela est sûr. C'est à peine si elle a la force de travailler pour nourrir ses enfants, et tu restes des semaines entières sans rentrer chez toi! Salé, c'est mal, c'est bien mal.

Air *d'Aristippe.*

Oui, trop souvent, ami, je te vois ivre ;
Est-ce le fait d'un père, d'un époux ?
Salé, crois-moi, ta manière de vivre
Me rend chagrin, — je le dis entre nous. — (*bis.*)
Laisser ainsi les siens dans l'indigence,
C'est pis qu'un vol, c'est un assassinat.
Le travail seul amène l'abondance :
Reviens, ami, reviens à ton état;
Pour tes enfants, reviens à ton état.

TOUS, *à demi-voix.*

Tiens, tiens! Salé qui est marié ! En v'là une, de nouvelle !

SALÉ, *avec émotion.*

Cré nom! Augustin... t'as une manière de vous dire ça... j'en suis tout chose. Oh! je te le jure... foi de Salé, qu'est mon nom, en v'là pour longtemps... tu verras !

AUGUSTIN.

Je le souhaite pour toi, mais je n'ose l'espérer. (*Il sort*).

SALÉ, *le regardant partir.*

C'est égal, il aurait bien pu me dire ça dans un autre moment, pas devant les autres. C'est que tout de même il m'a joliment remué ça. (*Il porte la main à son cœur.*) Il y en a donc encore un p'tit peu là-dedans, puisque j'ai ressenti un frémissement général? (*Il retourne au marbre.*) Salé! Salé! tu es un gueusard!... pioche! (*Il enfonce fortement les lettres avec sa pointe*) pioche! misérable!... Pauvre Mariette! oui, c'est vrai, je l'abandonne!... Ah! c'est si embêtant, les plaintes!... les enfants!... la misère!... Mais, gredin! c'est toi qui es cause de tout cela. Tu ne te corrigeras donc pas de tes défauts, brigand? Pioche! pioche, scélérat!...

CONSCIENCE.

Petit-Qué!

PETIT-QUÉ.

Voilà!

CONSCIENCE.

Apporte l'éponge, bien trempée.

PETIT-QUÉ.

L'éponge demandée, voilà!

CONSCIENCE, *la posant près de Salé, tout occupé
à sa besogne.*

Petit-Qué, ça ne suffit pas. Apporte la jatte, Petit-Qué.

PETIT-QUÉ.

Voilà!

CONSCIENCE, *s'approchant de Salé.*

Petit-Qué, la jatte ne suffit pas ; faut aller chercher les pompiers !... Le feu est au marbre : Salé devient incendiaire !... (*On rit.*)

SALÉ, *bénévolement.*

C'était pour moi !... Ah ! que c'est joli ! ce n'est pourtant pas malin ! (*On rit plus fort.*) Eh bien ! après ?... (*Il croise ses bras sur la forme.*) Oui ! je pioche !...

CONSCIENCE.

Tu pioches ?

VISORIUM.

Il pioche !

PETIT-QUÉ, *laissant tomber un paquet.*

Nous piochons !

CONSCIENCE.

Gamin ! tu n'en fais jamais d'autres.

PETIT-QUÉ.

C'est pas d'ma faute. La ficelle était mauvaise... là !...

CONSCIENCE.

Tu n'as aucun soin... C'est comme hier : tu es venu tout bouleverser à ma place. Mais sois tranquille, tu ne perdras rien pour attendre. La première fois que *je te pincerai* à venir dans mon rang *quand je n'y serai pas*, tu verras comme je te recevrai !...

SALÉ.

Ah ! la bonne ! la bonne !... Elle est bonne, celle-là !...

CONSCIENCE, *étonné.*

Quoi ? quoi ?

SALÉ.

Ah ! quelle belle imitation du canard ! quoin ! quoin !...
O grand homme, je t'admire !... (*Se ressouvenant.*) Mais
qu'est-ce que tu fais, malheureux ! Et tes promesses,
flâneur !... Plus vite que ça ! (*Il serre les formes.*) Voilà,
père Visorium ! Ç'a été dru, hein ?

VISORIUM.

Bien, garçon. Dites à Marteau d'en faire deux épreuves.

SALÉ, *appelant.*

Père Marteau !

MARTEAU, *dans la coulisse.*

Eh ben !

SALÉ.

Deux épreuves, vieil *ourson* [1].

SCÈNE XII

LES MÊMES, MARTEAU.

MARTEAU.

Qu'est-ce que c'est ? monsieur le *singe* [2] qui veut se
permettre !... Est-ce parce que tu m'as enfoncé l'aut'nuit ?
j'aurai ma revanche, mon gros !

SALÉ.

N'y a plus plan.

[1] *Ours,* nom donné aux imprimeurs par les compositeurs.
[2] *Singe,* nom donné aux compositeurs par les imprimeurs.
Ces deux sobriquets ont été inspirés sans doute à quelque loustic
d'atelier par les mouvements particuliers à ces deux professions, mouvements qui se rapprochent assez de ceux que l'on remarque chez les
ours et les singes. Voir à ce sujet le dictionnaire de Richelet.

MARTEAU.

J'ai pourtant la gorge ben sèche : une fiole me botterait crânement.

SALÉ, *avec un soupir.*

Et moi donc !

MARTEAU, *lui faisant signe.*

Ça y est-il ?

SALÉ, *se ressouvenant.*

Vade retro, Satanas !

CONSCIENCE.

Il ira.

TOUS.

Il ira, il n'ira pas.

VISORIUM.

Allons, père Marteau ! il y a temps pour tout... que diable !... Laissez-le à sa boîte, puisqu'il a envie de bien faire... Cela ne lui arrive pas si souvent.

MARTEAU *prend la forme, s'approche de Salé, et bas.*

Une *herbe sainte* au tourniquet... pas plus.

SALÉ, *hésitant.*

Vieux *Trente ans !*... (*Avec emportement.*) Petit-Qué, une bouteille d'eau !

PETIT-QUÉ, *lui présentant une bouteille.*

V'là la mienne, elle est pleine.

MARTEAU.

Une fois, deux fois, tu ne veux pas ?...

SALÉ, *buvant.*

Voilà ma réponse.

MARTEAU.

A dater de ce jour tu te déshonores à mes yeux... (*Il regarde Salé qui boit toujours.*) Affreux canard!... foi de Marteau, tu m'affliges... Tu m'offrirais maintenant n'importe quoi... que je te dirais : bonsoir. (*Il sort.*)

SALÉ.

Bonsoir, bonsoir. (*A Visorium.*) De la copie, père Visorium! j'en veux à foison.

CONSCIENCE.

Allons, Petit-Qué, va vite où je t'ai dit ; ne t'amuse pas en route.

(*Petit-Qué sort.*)

SCÈNE XIII

Les Mêmes, DÉLÉATUR.

DÉLÉATUR.

Voilà une première, Monsieur Conscience ; elle est assez chargée.

CONSCIENCE.

Tiens, Salé, tu commences ; la feuille est desserrée.

SALÉ.

Bon! et moi qui voulais en abattre! v'là de la correction... faut-il avoir du guignon! (*Il regarde l'épreuve.*) Un *bourdon*[1]! Ah! ça, c'était pas sur la copie...

---

[1] Omission faite en composant.

DÉLÉATUR.

Je l'ai peut-être ajouté, moi?

VISORIUM.

C'est pourtant bien simple à éviter... pourquoi n'a-t-il pas comme moi un *visorium?* avec cela on est sûr de ne jamais faire de bourdon...

DÉLÉATUR.

C'est pour cela que vous en avez un de cinq lignes, et dans un passage en réimpression.

VISORIUM , *consterné.*

Oh! si c'est possible!... Je parie que c'est ce gredin de Petit-Qué qui m'aura dérangé mon *mordant*[1] pour me faire une niche! Oh! ces *apprentifs!* quels petits serpents!...

SALÉ.

Dites donc , Monsieur Déléatur , vous avez la rage de marquer une foule de corrections qui ne nous regardent pas... Ça nous fait double besogne.

DÉLÉATUR.

Voilà bien tous les compositeurs!.... dès qu'on leur marque la plus petite correction, ils crient comme des enragés. Pourquoi faites-vous des fautes?

SALÉ.

Si on ne faisait pas de fautes, on n'aurait pas besoin de correcteurs...

DÉLÉATUR.

Ce n'est pas neuf, ce que vous dites là ; mais ce n'en

[1] Partie du visorium qui se baisse à mesure que l'on compose, de manière à indiquer l'endroit où en est le compositeur.

est pas plus consolant. Quand je vois dans un ouvrage une phrase estropiée, un mot mis pour un autre, une simple *coquille*[1] même, malgré moi, je me sens transporté de fureur. La coquille, surtout!... Oh! la coquille!

Air du rondeau des Deux Maîtresses.

Je te maudis, infernale coquille ;
A chaque instant tu me mets en émoi :
A te chercher quand mon œil s'écarquille,
Tu sembles fuir et te moquer de moi.

A tes méfaits il n'est point de limite :
Comme à plaisir tu dénatures tout.
Une vertu que partout chacun *cite*
Devient vertu que l'on *cote* partout.

S'il est quelqu'un dont la conduite *insigne*
Le fit *louer* comme un homme de *bien*,
Je lis par toi que sa conduite *indigne*
Le fit *rouer* comme un homme de *rien*.

On cite un juge *unique*, et ta malice
Le rend *inique* et change le portrait :
On dit qu'à tous il *rendait* la justice,
Et, grâce à toi, je lis qu'il la *vendait*.

Des bons maris Damon est le modèle,
Et comme tel de tous il est *connu*;
Mais tu parais, détestable femelle :
Le pauvre époux soudain devient *cornu*.

Certain penseur muet comme la *tombe*,
Et qui travaille en silence avec *fruit*,
Devient par toi muet comme la *bombe*,
Et travaillant en silence avec *bruit*.

Que pensera de moi mainte dévote?
Dans un missel je croyais avoir lu :
Le prêtre ici retire sa *calotte*,
Et pour un *a* tu m'avais mis un *u* !

---

[1] Lettre mise accidentellement à la place d'une autre. C'est la faute la plus facile à commettre en typographie, c'est aussi la plus redoutable par les quiproquos qu'elle occasionne.

Enfin par toi je suis mis au supplice,
Et quand je crois avoir atteint un *but*,
Tu prends plaisir, par un malin caprice,
A me narguer, en me lançant un *zut.*

Sois donc maudite, infernale coquille ;
A chaque instant tu me mets en émoi :
A te chercher quand mon œil s'écarquille,
Tu sembles fuir et te moquer de moi.

SCÈNE XIV

Les Mêmes, M. VIRGULE.

M. VIRGULE, *à Conscience.*

Et mon épreuve ? on me l'avait promise pour ce soir...
je viens la chercher.

CONSCIENCE.

Mon Dieu, Monsieur, elle n'est pas encore tout à fait
prête ; mais si vous avez le temps d'attendre seulement
une seconde, dans *dix minutes* je vous la donnerai. (*On
rit. — Conscience les regarde tous avec le plus grand
étonnement. —A part.*) Qu'est-ce qu'ils ont à rire ainsi ?
Sont-ils bêtes !

SALÉ, *quittant le marbre, son épreuve à la main,
à M. Virgule.*

J'aurais, Monsieur, quelques petites observations à
vous soumettre sur la ponctuation.

M. VIRGULE, *d'un ton doctoral.*

La ponctuation ! oh ! gardez-vous bien d'y toucher...
la ponctuation, mais c'est l'arche sainte du style !

SALÉ.

Pourtant, Monsieur, veuillez examiner ; par exemple :

Air *du Bouffe et du Tailleur.*

— Ici, j'ôte cette virgule...

M. VIRGULE.

— Du tout, monsieur, n'en faites rien !

SALÉ.

— Monsieur, mais la règle l'annule..

M. VIRGULE.

— Et moi, Monsieur, je la maintien.

SALÉ.

— Monsieur, pourtant l'Académie...

M. VIRGULE.

— Dira tout ce qu'elle voudra.

SALÉ.

— Monsieur, mais en typographie...

M. VIRGULE.

— Mettez-la, dis-je, on la paîra !

SALÉ, *à part.*

C'est bon, on la mettra. En voilà encore un drôle de pistolet... je le reconnaîtrai.

Air : *Contentons-nous d'une simple bouteille.*

De la virgule on n'a jamais vu faire
Un tel abus : cela devient criant.
Cet auteur croit, pour moi la chose est claire,
Que la virgule est le sceau du talent.
Mais désormais autrement je m'aligne,
Et, pour ne plus avoir cet ennui-là,
J'en mettrai quatre au bout de chaque ligne,
Pour qu'il les place où bon lui semblera.

(*Pendant le couplet, le père Marteau est venu apporter l'épreuve à Conscience, qui l'a remise à M. Virgule. Ce dernier sort.*)

SCÈNE X

Les Mêmes, PETIT-QUÉ.

(Petit-Qué entre en chantant et en faisant sonner de l'argent qu'il tient à la main.)

PETIT-QUÉ, *chantant.*

J'ai de l'argent, etc.

CONSCIENCE.

Eh bien, et cette copie ?

PETIT-QUÉ.

La copie ! ma foi vous avez le temps d'attendre ; il n'y en a pas seulement une ligne de faite.

CONSCIENCE, *consterné.*

Comment ! pas une ligne ? mais nous n'arriverons jamais.

PETIT-QUÉ.

Là, là, tranquillisez-vous, Monsieur Conscience ; le canard paraîtra : je les ai trouvés réunis sept ou huit qui se sont tous mis à l'œuvre. Et pour que nous ne nous en allions pas — parce que je leur ai dit que nous allions filer, —voilà ce que M. Véridique m'a donné pour nous faire prendre patience.... *(Faisant sonner son argent)* quatre belles pièces de cinq, rien que ça.

SALÉ.

A la bonne heure, au moins ! voilà des auteurs un peu soignés et qui entendent les affaires.

CONSCIENCE.

Oui, oui, mais le journal ?

PETIT-QUÉ.

Puisque je vous dis qu'ils sont en train de le faire ; avant une heure nous allons l'avoir. Ah bien ! vous êtes joliment bon de vous faire de la bile ; si ça les arrange, est-ce que cela nous regarde ?

SALÉ.

L'enfant a raison. Ça ne nous regarde pas le moins du monde. Nous avons une heure devant nous. Ces Messieurs ont témoigné le désir que nous les attendions patiemment, —ils nous ont même envoyé des fonds *ad hoc*, —nous devons respecter leur volonté suprême. Qu'en dites-vous, les amis ? si nous faisions un petit brin de noce ?

TOUS.

Ça va, ça va.

VISORIUM, *à Salé.*

Toujours le même, mauvais sujet !

SALÉ.

Ah bah ! faut bien rire un peu. (*Aux autres.*) C'est convenu, allons-y gaiement ! Qui est-ce qui va chercher les liquides ? (*Petit-Qué et d'autres sortent.*) Papa Viso-rium, vous n'aurez rien à dire ; nous allons dresser ici l'autel. (*Il apporte une table au milieu de la scène.*) Un festin *aux chevilles*, j'espère que c'est exemplaire et pa-triarcal.

VISORIUM, *riant.*

Ce gaillard-là vous fait faire tout ce qu'il veut. (*Il l'aide à apporter des tabourets, etc., etc. Les compositeurs re-*

*viennent munis de bouteilles, l'un porte un saladier, un
autre une cuiller à punch, etc., etc.)*

SALÉ.

Ah ! ah ! voici les comestibles. J'espère bien qu'on n'a
pas oublié les cigares ?

PETIT-QUÉ, *lui en montrant un paquet.*

Vous savez bien qu'on ne fume pas ici ; c'est défendu.
(*Il lui indique du doigt l'écriteau :* ON NE FUME PAS ICI.)

SALÉ.

Bah ! si le patron vient, nous dirons que c'est le poêle.

CONSCIENCE.

Comme c'est adroit ! D'abord, il n'y a pas de poêle, et
ensuite nous sommes en plein mois de juillet.

SALÉ.

Alors, ce sera la cheminée du voisin ; que diable, on a
toujours un voisin.

(*Les préparatifs du festin se continuent ; tous se groupent
autour de la table, les uns sur de petits, les autres sur
de grands tabourets; Visorium se tient un peu à l'écart.*)

SALÉ, *versant.*

Allons, les amis, à la santé de MM. les rédacteurs !
nous leur devons bien cela ; (*On trinque*) et en avant la
chansonnette !

AIR : *Faut s'amuser, chanter et rire* (Corde sensible).

> Quand la piquette est agréable,
> Quoi de plus doux que de trinquer ?
> > Tin rintintin,
> > Tin rintintin.
> Amis, restons longtemps à table,
> Quitte en sortant à trébucher.

CHŒUR.

Nargue de la mélancolie !
Amis, buvons, rions, chantons :
Il faut, pour embellir la vie,
L'*interligner* de gais flons-flons.

TOUS.

Bravo, Salé ! bravo ! (*Ils boivent.*)

SALÉ.

Le fait est que nous avons eu la main heureuse : voilà
un petit piqueton qui me fait l'effet d'avoir été pris der-
rière les fagots. Après cela, je vous avouerai franche-
ment que je ne me connais pas en vins ; qu'est-ce que ça
peut me faire, que ce soit du Bordeaux ou du Bourgogne ?
moi, voyez-vous :

Air *du Déserteur.*

Je n'estime et n'aime qu'un vin,
Un vin contre l'humeur noire ;
C'est celui que, le verre en main,
Je tien,
Parce qu'il est encore à boire.

Le champagne ou le chambertin
Vaut-il, quand la bouteille est vide,
Le moindre petit vin
Du coin,
Que caresse ma lèvre avide ?

Je n'estime et n'aime qu'un vin, etc.

MARTEAU.

C'est égal, celui-là, mon gros ! c'est un velours sur
l'estomac. (*Il boit.*) Oh ! si j'en avais quelques pièces
comme ça dans ma cave !...

CONSCIENCE.

Malheureux ! tu n'en sortirais plus.

MARTEAU.

Où serait le mal? (*Il chante.*)

> — Si je meurs, que l'on m'enterre
> Dans la cave où est le vin...

CONSCIENCE.

Mais, vieille éponge, tu ne penseras donc jamais à devenir raisonnable? voilà que tu vas avoir soixante ans, et tu n'as pas su te garder une poire pour la soif.

MARTEAU, *avec dédain.*

J'aime pas le fruit. (*On rit.*)

CONSCIENCE *stupéfait.*

Ah ! c'est différent.

SALÉ.

Eh ! père Visorium, vous ne dites rien : voyons, est-ce que vous n'avez pas aussi une petite chanson ?

VISORIUM, *se levant.*

Une petite chanson? eh ! eh ! il fut un temps où j'en savais plus d'une ; mais maintenant la mémoire commence à s'en aller.

SALÉ.

On chantait donc aussi, de votre temps ?

VISORIUM.

Si l'on chantait ! Oh ! mes enfants, c'était alors le bon temps de la chanson... Ah dam ! nous ne roucoulions pas, comme à présent, toutes sortes de romances larmoyantes, où *amours* rime avec *beaux jours*, et *je t'aime* avec *extrême.* Mon Dieu, non. Nous étions moins langoureux, mais plus ronds, plus francs, et surtout plus joyeux. La chanson était comme nous, un peu *gaillarde*, peut-être, — passez-moi le mot, à cause de la profession, — mais toujours vive et pétulante. Point de bons repas sans la chanson de rigueur. Et nos dîners de la *Saint-Jean-Porte-Latine!* — Encore une bonne vieille coutume oubliée. — C'étaient là de belles fêtes! quelle joie! quel entrain! Chacun était tenu d'y apporter son couplet...

AIR *de la Treille de sincérité.*

> Que je regrette
> Ces jours de fête!
> En vérité, je vous le dis,
> C'étaient de beaux jours, mes amis (*bis*).

> Fêter *Saint-Jean-Porte-Latine*
> Était un usage établi,
> Et je me sens l'âme chagrine,
> Enfants, de le voir en oubli (*bis*).
> Dans un banquet la même table,
> Ce jour-là, voyait réunis,
> Trinquant d'un accord admirable,
> Patron, compagnons, apprentis.

> Oui, je regrette
> Ces jours de fête;
> En vérité, je vous le dis,
> C'étaient de beaux jours, mes amis (*bis*).

> Là, souvent plus d'une querelle
> Se vidait le verre à la main :
> L'amitié, ravivant son zèle,
> De chacun redoublait l'entrain (*bis*).
> Puis au dessert, quand la folie
> Entonnait la vieille chanson,
> Si les voix manquaient d'harmonie,
> Les cœurs battaient à l'unisson.

> Oui, je regrette
> Ces jours de fête;
> En vérité, je vous le dis,
> C'étaient de beaux jours, mes amis (*bis*).

Alors la vive chansonnette
Régnait en toute liberté ;
Peut-être on n'était pas poète,
Mais on brillait par la gaîté (*bis*).
Notre muse était la bouteille,
Et ses refrains étaient joyeux :
Nous chantions le jus de la treille...

SALÉ.

Et vous le buviez encor mieux.

VISORIUM.

Oui, je regrette
Ces jours de fête ;
En vérité, je vous le dis,
C'étaient de beaux jours, mes amis (*bis*).

TOUS.

Très-bien, très-bien ! à la santé du père Visorium !

VISORIUM.

Merci, mes enfants, merci ; à la vôtre ! (*Ils trinquent.*)
Il ne faut pourtant pas que le plaisir nous fasse oublier
le travail. Petit-Qué, mon enfant, il faut retourner voir à
cette copie qui n'arrive pas.

PETIT—QUÉ.

Oui, Monsieur Visorium, j'y cours.

(*Il sort par le fond ; entre Palestine par la gauche.*)

SCÈNE II

LES MÊMES, PALESTINE.

PALESTINE.

Ah ! mon Dieu, qu'est-ce que cela signifie ? (*A part.*)

Dieu de Dieu! en voilà-t-il une rangée de bouteilles vides!... Oh! ça boit bien, les compositeurs!... et les imprimeurs donc!... (*Haut.*) Mais c'est un festin complet! voilà une heure que je vous entends rire et chanter, il paraît qu'on ne s'ennuie point ici.

CONSCIENCE, *galamment.*

Faites excuse, Mademoiselle, nous nous ennuyons de ne pas vous voir.

SALÉ, *aux autres.*

Oh! que c'est joli! que c'est joli! Conscience qui fait l'aimable! Conscience qui marivaude!

PALESTINE, *riant.*

Vous êtes trop galant, Monsieur Conscience.

CONSCIENCE, *à Palestine, galamment.*

On ne saurait l'être jamais trop avec une aussi charmante personne, Mademoiselle Palestine.

SALÉ, *aux autres.*

De plus fort en plus fort, comme chez Nicolet.

PALESTINE.

Ah çà! me direz-vous pourquoi vous avez toujours la rage de m'appeler Mademoiselle?.... Vous savez bien pourtant que j'ai été mariée.

CONSCIENCE.

Oh! vous l'avez été si peu... et il y a si longtemps!

PALESTINE, *soupirant.*

Ça, c'est vrai; je n'ai pas été plus de six mois en ménage... Enfin, que je sois restée mariée six mois ou vingt ans, j'ai toujours le droit d'être appelée Madame.

CONSCIENCE.

Qu'est-ce que cela peut vous faire? Madame ou Mademoiselle, c'est toujours la même chose.

PALESTINE.

Comment! la même chose! mais pas du tout, pas du tout. Mais tous ceux qui savent que j'ai été la nourrice de Mignonne, qu'est-ce qu'ils penseraient, en vous entendant m'appeler Mademoiselle? Ah bien! ça serait du joli.

CONSCIENCE.

Allons, soit; je vous appellerai Madame. (*Avec instance.*) Mais si vous vouliez, si votre cœur n'était pas dur comme du roc...

SALÉ.

Le maréchal ?

CONSCIENCE, *sans répondre et haussant les épaules.*

On pourrait vous appeler Madame.

PALESTINE.

Madame... quoi?

CONSCIENCE.

Madame Conscience!

PALESTINE, *riant.*

Ah! ah! ah! C'est donc pour de bon?

CONSCIENCE, *majestueusement.*

Vous me le demandez, femme adorable! Oh! ce doute est une injure. Qui, moi! feindre un sentiment que je n'éprouverais pas! Oh!

SALÉ.

Conscience tourne au tragique: il va se périr!

CONSCIENCE.

AIR : *Vos Maris en Palestine.*

Séduisante Palestine,
A l'aspect de vos appas,
Mon cœur bat dans ma poitrine,
A m'en casser jambe et bras (*bis*).
Vous voir devenir ma femme
Est mon désir le plus doux (*bis*).
Daignez couronner ma flamme
En m'acceptant pour époux.
J' vous implore à deux genoux.

(Il veut se mettre à genoux ; Palestine l'en empêche.)

SALÉ.

Bravo ! bravo ! Quel Amadis ! (*Il chante.*)

Jamais je n't'ai vu comme ça !...

PALESTINE. (*A part.*)

A la bonne heure, celui-là, M. Conscience, c'est un homme rangé ! il ne boit pas... c'est-à-dire.... si.... il boit, mais pas tant que les autres. Et puis, c'est un bel homme. (*Avec coquetterie.*) Il est vrai que je ne suis pas encore trop mal, pour mes trente-huit ans... (*Soupirant.*) J'avais pourtant bien dit que je ne me remarierais jamais... (*Haut.*) Allons, Monsieur Conscience, puisque vous parlez sérieusement (*geste suppliant de Conscience*), eh bien !... nous verrons ; (*nouveau geste*) vous êtes un brave et honnête garçon... et... nous verrons.

(Elle rentre, Conscience la reconduit.)

CONSCIENCE, *tout en marchant.*

Reprise de l'air.

Vous voir devenir ma femme
Est mon désir le plus doux.
Daignez couronner ma flamme,
En m'acceptant pour époux.

(*Les compositeurs ont remis tout en ordre pendant la fin de la scène.*)

SCÈNE XV

LES MÊMES, PETIT-QUÉ, *rentrant tout triste.*

VISORIUM.

Qu'est-ce qui t'est donc arrivé, mon enfant? tu as l'air tout drôle.

PETIT-QUÉ.

Il y a bien de quoi, allez... Figurez-vous... (*On l'entoure.*) Je m'en allais comme ça chercher la copie... au fait, il n'y en a pas de copie : le canard est retardé ; j'en ai prévenu M. Parangon avant de venir ici... Vous savez, la femme du pauvre Blanchet qui est morte le mois dernier ?... Eh bien ! comme je passais près de sa maison, l'idée m'est venue d'aller lui dire un petit bonjour. Dam ! c'est tout simple : autrefois, quand son mari vivait, j'allais tous les jours lui chercher son déjeuner, et, chaque fois, la chère brave femme, elle avait toujours quelque douceur à me donner : une pomme, une grappe de raisin.... Mais c'est pas de ça qu'il s'agit. V'là que j'arrive, croyant la trouver sur sa porte, en train de travailler, tout en jasant avec les voisines... Ce qui ne

l'empêche pas de piocher ferme, allez ! Il n'y avait personne. Ça m'étonne. J'entre vite, et qu'est-ce que je
trouve ? La pauvre mère Blanchet couchée dans son lit,
avec une fièvre ! et cela depuis plus de huit jours ! Et
dire qu'elle n'avait pas voulu le faire savoir à l'imprimerie ! C'est pas tout... V'là qu'elle me demande à
boire... y avait une tasse sur la table, à côté du lit ; je
croyais que c'était d'la tisane : pas du tout, c'était rien
que de l'eau ! Oh ! ça m'a fait de la peine, allez.... J'ai
pas voulu pleurer devant elle, parce qu'enfin.... un
homme, ça ne doit pas pleurer... et j'vas avoir quinze
ans ! Mais c'est égal, j'en avais bien envie. Ensuite,
j'étais colère qu'elle ne nous ait pas fait prévenir... aussi,
je n'ai pas manqué de le lui dire. Savez-vous ce qu'elle
m'a répondu ?... — Que la maladie de son homme et son
enterrement nous avaient coûté assez gros, et que nous
n'étions pas assez riches pour continuer toujours à l'avoir
à not' charge ! En v'là une de bêtise ! que j'me suis écrié ;
et j'suis parti tout de suite, en me disant tout le long du
chemin : « Ah ! nous ne sommes pas assez riches ! Eh
bien ! nous verrons ! Y a encore des feuilles de papier
à la boîte, j'm'en vas en prendre une, je ferai un cornet,
et ce sera bien le diable si c'te pauvre mère Blanchet
n'aura pas de tisane. » (*Tout en parlant, il a pris une
maculature et fait un cornet.*) V'là le cornet fait ! Je
commence ! M. Véridique m'a donné 20 sous, je les
mets ; qui en fait autant ?

TOUS.

Tout le monde !

PETIT-QUÉ.

Oh ! si le patron pouvait venir par ici ! (*A Conscience.*)
Allons, Monsieur Conscience, déboutonnons-nous.

CONSCIENCE, *donnant.*

Air du *Vaudeville de la Robe et des Bottes.*

Quand le malheur ou la vieillesse
Vient frapper quelqu'un parmi nous,
A le secourir on s'empresse :
Du sort on adoucit les coups.
Du mieux qu'il peut chacun finance,
Pour rassembler quelques écus,
Et, pour rétablir la balance,
On travaille une heure de plus.

(Petit-Qué présente le cornet à Salé.)

SALÉ, *vivement.*

Dire que j'avais encore 40 sous ce matin ! Enfin, tiens, voilà tout ce qui me reste. Je vide mes poches de bon cœur.

Même air.

Lorsque la triste maladie
Vient prendre place à son chevet,
On éveille la sympathie
Par l'humble quête du cornet.
Du mieux qu'il peut chacun finance
Pour satisfaire à ses besoins,
Et, pour rétablir la balance,
On boit quelques canons de moins.

VISORIUM, *déposant son offrande.*

De moins... de moins... ou de plus, cela dépend des occasions....

SCÈNE XI

LES MÊMES, M. PARANGON.

PETIT-QUÉ, *l'apercevant.*

Quelle chance ! le patron ! (*Il va lui présenter le cornet.*)

Monsieur Parangon, c'est pour la femme de Blanchet, qui est bien malade et qui n'a pas de quoi se faire soigner.

M. PARANGON.

Comment! la pauvre femme! avec plaisir, mon garçon. (*Il lui donne une pièce de 5 francs.*)

PETIT-QUÉ, *joyeux.*

Oh! merci, patron. (*A part.*) Oh! j'savais bien qu'il donnerait.

M. PARANGON.

La collecte est-elle bonne?

PETIT-QUÉ.

Dam! patron... tout le monde a mis; mais c'est le samedi *blèche* [1], aujourd'hui; il n'y a pas gras...

VISORIUM.

Et je dois le dire à la louange de Petit-Qué, c'est lui qui a mis le plus.

M. PARANGON.

Vraiment! Ah! c'est très-bien, cela, mon enfant!... Pour te récompenser de ton bon cœur, tiens, voilà pour toi. (*Il lui donne une nouvelle pièce ; Petit-Qué va pour la mettre dans sa poche, mais se ravisant il la met dans le cornet.*) J'aime à voir régner parmi vous, mes amis, ce noble esprit de bienfaisance : c'est une des bonnes qualités de votre profession, et qui lui fait passer bien des petits travers. Petit-Qué, tu diras à cette pauvre dame Blanchet que ma fille ira la voir, qu'elle ne s'inquiète de

---

[1] L'adjectif *blèche* est, dans le langage typographique, synonyme de nul. C'est ainsi que l'on dit faire *banque blèche* quand on n'a rien gagné dans sa semaine. Le samedi blèche est celui où l'on ne fait pas banque, l'usage étant généralement de ne payer que tous les quinze jours.

rien. Son mari était un de mes vieux ouvriers ; il est resté trente ans avec moi, et maintenant qu'il n'est plus là pour soutenir sa femme, c'est moi qui dois le remplacer.

Air : *Soldat français, né d'obscurs laboureurs.*

Quand l'ouvrier, dans un constant labeur,
N'a ménagé ni son temps ni sa peine,
Il faut aussi que, consultant son cœur,
De l'ouvrier le patron se souvienne.
Le secourir quand vient l'adversité,
Ou de sa veuve accueillir la requête,
Ce n'est point là faire la charité,
Non, ce n'est point faire la charité,
 Mais c'est acquitter une dette,
 Oui, c'est acquitter une dette.

VISORIUM, *avec émotion.*

Merci ! mille fois merci de vos bonnes paroles, Monsieur Parangon... Oh ! si tous les patrons vous ressemblaient.

M. PARANGON.

Eh ! mon Dieu ! il y en a de bons et de mauvais,— comme il y a de bons et de mauvais ouvriers... Mais ce n'est pas de cela qu'il s'agit... Tiens ! Augustin est sorti ?

CONSCIENCE.

Il est chez cet auteur, pour le règlement de compte.

M. PARANGON.

C'est vrai, je l'avais oublié.... Revenons à ce qui m'amène. Mes amis, j'ai une grande nouvelle à vous annoncer. A partir du mois prochain, je cède mon imprimerie à Augustin, mon enfant d'adoption.

TOUS.

Ah ! très-bien ! très-bien !

M. PARANGON.

Je suis ravi de voir que mon successeur vous plaît.

CONSCIENCE.

Dam! élevé par vous, c'est un autre vous-même.

M. PARANGON.

J'ai donc lieu d'espérer que vous accueillerez aussi bien ma dernière nouvelle. Dans trois semaines au plus tard, Augustin deviendra l'époux de ma fille, et nous vous invitons tous à la noce.

VISORIUM.

Vous aurez un bon fils, patron, et notre chère Mignonne sera heureuse. Vous ne pouviez mieux choisir.

M. PARANGON.

Maintenant, mes amis, gardez-moi le secret vis-à-vis d'Augustin jusqu'à demain; c'est dimanche, et je vous invite tous à dîner en famille, ce sera le repas des fiançailles. C'est bien convenu, à demain !   (*Il sort.*)

(*Dès que M. Parangon est sorti, tous les compositeurs se remettent à leurs casses; Salé retourne au marbre. — Cicéro, qui n'a pris aucune part à ce qui se passe, reste comme absorbé dans ses réflexions. —Conscience et Petit-Qué restent seuls sur le devant de la scène.*)

SCÈNE XVII.

LES MÊMES, *moins* M. PARANGON.

CONSCIENCE.

Petit-Qué, tu peux t'en aller maintenant; tu as bien

rempli ta journée, et tu peux te vanter de l'avoir ter-
minée par une bonne action.

PETIT-QUÉ.

Oh! je suis fièrement content. C'te bonne madame Blanchet, va-t-elle être heureuse! Je vas courir tout de suite
chez elle; je suis bien sûr que cela lui vaudra une visite
de médecin... Au revoir, Messieurs. (*Fausse sortie.*)

CONSCIENCE.

N'oublie pas de venir demain.

PETIT-QUÉ.

En voilà une bêtise !

CONSCIENCE.

Eh bien! gamin !

PETIT-QUÉ.

C'est pour rire, Monsieur Conscience.

CONSCIENCE, *gravement.*

Je l'espère bien.

PETIT-QUÉ, *allant à Salé.*

Bonne nuit, Monsieur Salé.

SALÉ.

Bonsoir, moutard.

PETIT-QUÉ, *vexé.*

Moutard!... Comment donc que vous ferez ce soir?..
et votre promenade habituelle?

SALÉ, *étonné.*

Quelle promenade?

PETIT-QUÉ.

Vous savez bien... je vous ai rencontré l'autre soir.

SALÉ.

Je ne sais pas ce que tu veux dire.

PETIT-QUÉ.

Oh! si vous en faites un mystère, il fallait le dire, je n'en aurais pas parlé.

CONSCIENCE.

Tiens, tiens! Salé qui se promène au clair de la lune... Conte-nous donc ça, Petit-Qué; il allait peut-être donner une sérénade à sa belle : il a toujours été galant. Je parie qu'il avait une guitare sur le dos.

PETIT-QUÉ.

Pas du tout. Je l'ai rencontré... Vous ne vous fâcherez pas, Monsieur Salé, si je le dis ?

SALÉ.

Va toujours, gamin.

PETIT-QUÉ.

Eh bien! je l'ai rencontré l'autre soir se promenant...

CONSCIENCE.

Où donc, Petit-Qué?

PETIT-QUÉ, *avec emphase.*

Dans les vignes du Seigneur !

TOUS, *riant.*

Ah! ah! ah!

SALÉ, *riant.*

Voyez-vous ça! Monsieur Petit-Qué qui n'attend pas qu'il soit ouvrier pour blaguer les anciens !

PETIT-QUÉ.

Ouvrier ! Si je ne le suis pas encore, ça ne tardera pas, toujours.

Air : *L'eau coule pour tout le monde.*

Je suis assez bon ouvrier
Pour voler de mes propres ailes ;
Et, comme un autre, du métier
Je connais toutes les ficelles.
Je serai reçu compagnon
A la prochaine Sainte-Barbe :
Pour être, et de fait et de nom,
Typographe à votre façon...

(*Il hésite.*)

SALÉ.

Eh bien ?

PETIT-QUÉ.

Il ne me manque que la *barbe* (*bis*).

SALÉ, *riant.*

C'est bon, aztèque, je te rattraperai sans courir.

PETIT-QUÉ.

Bonsoir, Monsieur Salé. (*Il sort.*)

VISORIUM.

Vous avez tort, Monsieur Salé, de plaisanter ainsi avec
un *apprentif...* Vous le voyez, il vous manque de *respec.*
Ah ! de mon temps...

SALÉ.

Ah bah ! laissez donc ; il m'amuse, ce petit, je le trouve
rigolo... En parlant de rigolo, il me semble que notre
cher Cicéro ne l'est guère ce soir ; il n'a pas encore des-
serré les dents.

VISORIUM, *avec intérêt.*

Seriez-vous malade, Monsieur Cicéro ?

(*Cicéro ne répond pas.*)

SALÉ.

Pourriez-vous me dire, père Visorium ?... Je gage que
je devine... ce cher Cicéro a des peines de cœur.

7

CICÉRO *impatienté.*

Ce que tu n'auras jamais, toi !

CONSCIENCE.

Touché, Salé !

SALÉ.

Oui, mais j'ai deviné... Il paraît que la belle Rosalinde n'aura point voulu prêter l'oreille aux accents langoureux de notre jeune premier.

CONSCIENCE.

C'est sans doute pour cela qu'en venant je l'ai rencontré qui se promenait de long en large dans la rue en gesticulant d'un air farouche... un vrai traître de mélodrame ! (*On rit.*)

CICÉRO, *avec impatience.*

Ah ça ! décidément, me laisserez-vous en repos, avec vos sornettes ! (*On taque.*) Vous devez savoir cependant que je ne suis pas d'humeur à me laisser *attraper*. (*Même jeu.*)

SALÉ.

Monté !

CICÉRO.

Prends garde de payer pour les autres, toi, le mauvais plaisant.

SALÉ, *riant.*

Oh ! oh ! Monseigneur se fâche ? Monseigneur va dégaîner ? Heureusement que nous ne portons plus ni dague ni épée ; sans cela nous allions descendre dans la lice...

(*Déclamant.*)

...... En dignes gentilshommes,
Comme on fait quand on sort des maisons d'où nous sommes.

CONSCIENCE.

Bravo, Salé ! bravo !

(*On rit.*)

CICÉRO.

C'est donc un parti pris? (*On taque.*) Vous avez beau vous mettre tous contre moi, je ne vous crains ni les uns ni les autres.   (*On taque.*)

VISORIUM.

Allons, allons, Messieurs.

CICÉRO.

Et je pourrais vous faire payer cher à tous votre stupide taquinerie.

SALÉ.

Cet animal est très-méchant :
Quand on *le taque,* il se défend.
                    (*On taque.*)

CICÉRO.

Prenez garde! il pourrait bien vous arriver malheur.
          (*On rit, commencement de roulance* [1]*.*)

SALÉ.

L'orage se déclare, gare là-dessous! Cicéro-Jupiter va nous foudroyer tous.

CICÉRO, *furieux, descendant en scène.*

Mais que l'un de vous sorte donc, s'il a du cœur!...
(*On taque.*) Mais non, vous êtes tous trop lâches.

CHOEUR GÉNÉRAL.

AIR : *Silence, silence, silence.*

Roulance (*ter*),
V'là la danse
Qui commence ;
En avant, marteaux
Et biseaux :
Haro, haro
Sur Cicéro.
          (*Roulance, tumulte général.*)

[1] *Roulance,* expression typographique, synonyme de *charivari.*

SCÈNE VI

Les Mêmes, PARANGON, MIGNONNE, PALESTINE,
accourant au bruit.

M. PARANGON.

Messieurs, Messieurs, qu'y a-t-il, et pourquoi tout ce bruit ?

VISORIUM.

Ce n'est rien, Monsieur Parangon ; un petit accès de gaieté de la part de nos jeunes gens.

PALESTINE.

J'ai cru que l'on se tuait ici : vous faisiez un vacarme...

MIGNONNE.

J'en suis encore toute tremblante.

M. PARANGON.

Ne serait-ce pas plutôt une roulance ? Il me semble que cela y ressemblait beaucoup. Allons, allons, ne perdons point de temps : la besogne presse. (*A Mignonne, qui cause avec Visorium.*) Viens-tu, Mignonne ?

MIGNONNE.

Oui, mon père, je te suis.

SCÈNE IX

Les mêmes, AUGUSTIN, *entrant précipitamment, tête nue,
une lettre à la main.*

AUGUSTIN.

Ah ! vous voilà ! combien je suis heureux de vous trouver ici tous réunis !

M. PARANGON.

Que s'est-il donc passé? te voilà tout effaré, tout bouleversé.

MIGNONNE.

En effet, Augustin, pourquoi cette agitation? parlez, je vous en prie, dites-nous, qu'avez-vous?

AUGUSTIN.

Ce que j'ai?... en vérité, je me sens devenir fou!... Ce que j'ai? tous les bonheurs à la fois m'arrivent comme par enchantement.

M. PARANGON.

Mais encore?...

AUGUSTIN.

C'est juste, je ne vous ai rien expliqué, vous ne pouvez me comprendre... Apprenez que je suis riche!

MIGNONNE.

Que veut-il dire?

AUGUSTIN.

Apprenez que j'ai retrouvé mes parents,—(*Tristement*) ou plutôt, hélas! ils ne sont plus; — pourtant, avant de mourir, ils se sont souvenus de leur enfant qu'ils avaient abandonné, et je viens de recevoir une lettre qui m'enjoint de partir immédiatement pour Londres, ou tout au moins d'envoyer un fondé de pouvoirs, afin de se présenter à la Compagnie des Indes pour y toucher l'immense fortune qu'ils m'ont laissée. Il ne s'agit de rien moins que d'un million.

M. PARANGON.

Est-il possible?

AUGUSTIN.

Tenez, lisez cette lettre, et vous serez convaincu que c'est bien de moi qu'il s'agit.

M. PARANGON, *après avoir lu et lui rendant la lettre.*
En effet.

MIGNONNE.

Ce cher Augustin ! combien je suis heureuse de son
bonheur !

VISORIUM, *à Augustin.*

Nous nous réjouissons tous de cette fortune inespérée
qui vous arrive ainsi. Elle sera bien placée entre vos
mains... n'est-ce pas, mes amis ?

TOUS.

Oui, oui !

AUGUSTIN.

Merci, mes camarades, merci de la bonne opinion que
vous avez de moi. Vous devez tous comprendre ma joie.
Maintenant je puis avouer hautement mon amour pour
notre chère Mignonne ; je ne craindrai plus, comme autrefois, d'être accusé de cupidité.

SALÉ, *vivement.*

En voilà une bonne ! et qui est-ce qui aurait dit cela ?

MIGNONNE.

Merci, Monsieur Salé.

SALÉ.

Oh ! c'est vrai, allez, Mademoiselle ; Augustin est un cœur
d'or ; riche ou pauvre, il n'en vaudra ni plus ni moins.
Et tenez, ce matin, il m'a dit de si bonnes vérités, que,
sur l'honneur, je dis adieu désormais à toutes les fariboles
du passé.

AIR : *Muse des jeux et des accords champêtres.*

Vous m'avez vu plongé dans la paresse,
Oubliant tout, me livrer au plaisir;
Mais c'en est fait; plus de jeu, plus d'ivresse :
De mon erreur enfin je sais rougir.

Si trop longtemps j'ai perdu la mémoire
De mes devoirs et de père et d'époux,
Par mon travail, oui, vous pouvez m'en croire,
Je deviendrai le modèle de tous (*bis*).

VISORIUM.

Tant mieux, Salé !... tant mieux, mon garçon !

SALÉ.

Foi de l'amitié que je porte à Augustin, quant à ça, c'est bien arrêté !...

AUGUSTIN, *lui serrant la main.*

Renonce donc au passé, et tu trouveras toujours en nous des amis dévoués. Je n'avais jamais douté de ton cœur : je le savais bon ; mais ta tête !... (*A Parangon.*) Et maintenant, mon second père, seriez-vous disposé à accepter un millionnaire pour votre gendre ?

M. PARANGON.

Impossible, mon garçon ; le millionnaire repassera. (*Étonnement.*) J'ai promis ma fille ce matin, et devant témoins, à... Augustin, le compositeur. Demain même doit avoir lieu le repas des fiançailles.

AUGUSTIN.

O mon père ! O Mignonne !

MIGNONNE.

Eh bien ! Augustin, vous avais-je trompé ? Aviez-vous tant besoin de richesse pour trouver le bonheur ?

CONSCIENCE, *à Palestine.*

Et vous, Mademoiselle, cela ne vous donne-t-il pas aussi le désir... un petit effort ! dites oui à votre tour, et vous me rendrez le plus heureux des hommes.

PALESTINE.

Vous y tenez?... Allons, je le veux bien. (*Elle lui donne la main que Conscience baise avec transport.*)

M. PARANGON.

Ah bah! tu te maries, Palestine? Tiens, tiens, tiens! tu ne m'en avais rien dit. — J'approuve ton choix d'ailleurs, et même je me charge de la noce. (*Aux autres.*) Ah ça, mes amis, l'invitation à dîner subsiste toujours. Et, ma foi, puisque le journal est retardé, nous fermerons l'atelier ce soir, afin d'être tous frais et dispos.

CONSCIENCE.

Et le mémoire?

M. PARANGON.

Ah bah! une fois n'est pas coutume; le *Charançon* attendra. On dira qu'une forme est tombée en pâte au moment de faire les épreuves. Ainsi donc, à demain!

TOUS.

A demain! à demain!...

(*Fausse sortie.*)

SALÉ.

Un moment, un moment! Est-ce que nous pouvons nous en aller comme cela? (*Montrant le public.*) Et les camarades, que nous oublions! diable! s'ils allaient se fâcher! C'est ça qui serait joli!

AUGUSTIN.

C'est vrai, tu as raison; mais les camarades seront indulgents, je l'espère. Un jour comme celui-ci, il est bien permis de perdre la tête.

SALÉ, *au public*.

AIR *du Vaudeville du Baiser au porteur*.

Vous connaissez, Messieurs, nos *caractères :*
Ont-ils sur vous fait quelque *impression ?*
Mais n'allez pas vous montrer trop sévères,
En nous passant à la *correction.* (*bis.*)
Si la *première* en *coquilles* abonde,
Si le *labeur* vous laisse à désirer,
Demandez-nous à voir une *seconde*,
En attendant votre *bon à tirer*.

CHOEUR.

AIR *de la Ronde du Maçon.*

Du courage (*bis*),
Les amis sont toujours là.

Paris, imprimerie de Paul Dupont, rue de Grenelle-Saint-Honoré, 45.

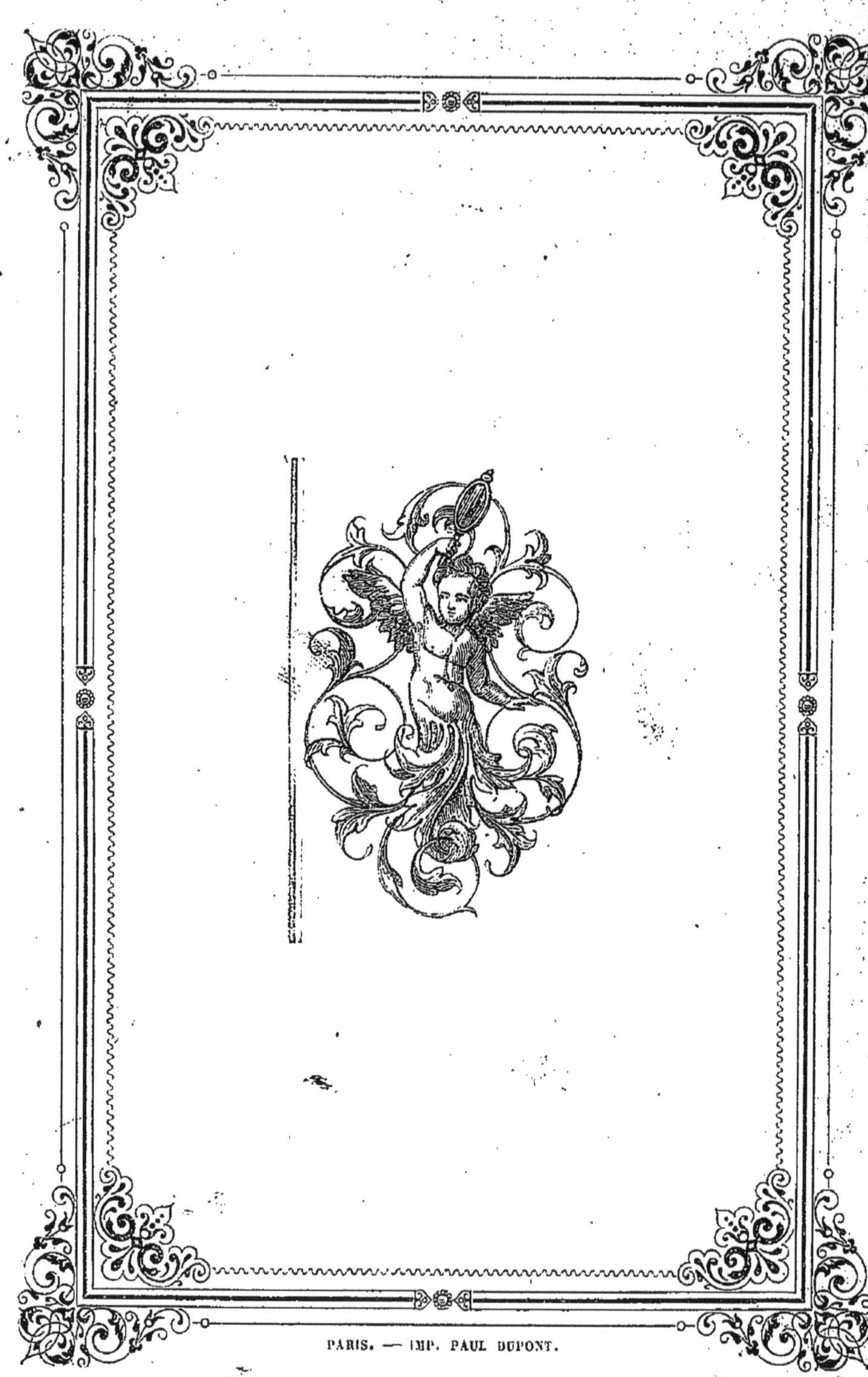

PARIS. — IMP. PAUL DUPONT.